UNDEAD UNLUCK
UNCHANGE
GooD LucK

万圣节
快乐

快乐
1865
アンデッドアンラック
不揃いなユニオンの日常
戸《と》塚《づか》慶《よし》文《ふみ》
平《ひら》林《ばやし》佐《さ》和《わ》子《こ》
JUMP j BOOKS

UNDEAD UNLUCK

CHARACTER

UNLUCK

【不運《アンラック》】
風子《ふうこ》

触《ふ》れた者《もの》に不運《ふうん》を呼《よ》ぶアンラックの能力者《のうりょくしゃ》。長《なが》らく人《ひと》を遠《とお》ざけていたが、大好《だいす》きな漫画《まんが》が終了《しゅうりょう》したのを機《き》に死《し》を覚悟《かくご》した直後《ちょくご》、アンディと出会《であ》う。

UNDEAD

【不死《アンデッド》】
アンディ

不死《ふし》の体《からだ》を持《も》つアンデッドの能力者《のうりょくしゃ》。風子《ふうこ》の力《ちから》で“本当《ほんとう》の死《し》”を得《え》るため行動《こうどう》を共《とも》にする。体《からだ》の各部位《かくぶい》を自在《じざい》に超再生《ちょうさいせい》させる事《こと》により高《たか》い戦闘力《せんとうりょく》を持《も》つ。

STORY ストーリー

触《ふ》れた者《もの》に不運《ふうん》を呼《よ》び込《こ》む体質《たいしつ》から、一度《いちど》は死《し》を覚悟《かくご》した風子《ふうこ》。だが、不死《ふし》の体《からだ》を持《も》つ謎《なぞ》の男《おとこ》・アンディと出会《であ》い触《ふ》れ合《あ》うことで、生《い》きることに望《のぞ》みを持《も》つ。UMA《ユーマ》や未知《みち》の現象《げんしょう》を管理《かんり》する組織《そしき》の存在《そんざい》を知《し》った二人《ふたり》は、人数制限《にんずうせいげん》があったメンバーを倒《たお》し組織《ユニオン》に加入《かにゅう》。そこで組織《ユニオン》の存在理由《そんざいりゆう》―創造主《神》が押《お》し付《つ》けてくる課題《クエスト》のクリアと創造主《神》への反逆《はんぎゃく》を知《し》った二人《ふたり》は、課題《クエスト》に挑《いど》む合間《あいま》に、組織《ユニオン》のメンバーたちと様々《さまざま》な交流《こうりゅう》を持《も》つようになり、戦闘時《せんとうじ》にはみられない彼《かれ》らの素顔《すがお》をみることになる――!?

【詳細不明《しょうさいふめい》】ビリー
UN
機密事項
【不可触《アンタッチャブル》】タチアナ
UN TOUCHABLE
【不停止《アンストッパブル》】トップ
UN STOPPABLE
【不動《アンムーブ》】力《ちから》
UN MOVE
UN JUSTICE
【不正義《アンジャスティス》】ジュイス
【不真実《アントゥルース》】シェン
UN TRUTH
【不感《アンフィール》】フィル
UN FEEL
【不壊《アンブレイカブル》】一心《いっしん》
UN BREAKABLE
【詳細不明《しょうさいふめい》】ニコ
UN
機密事項
【不変《アンチェンジ》】ジーナ
UN CHANGE
UNION
ユニオン
対未確認現象統制組織《たいみかくにんげんしょうとうせいそしき》
UMA《ユーマ》や未知《みち》の現象《げんしょう》を管理《かんり》する組織《そしき》。その中《なか》にある否定者《ひていしゃ》で構成《こうせい》された特殊《とくしゅ》チームにアンディと風子《ふうこ》は加入《かにゅう》した。地《ち》球《きゅう》に理《ルール》を課《か》す創造主《かみ》を倒《たお》すことを目指《めざ》している。
【シェンの部下《ぶか》】ムイ

UNDEAD UNLUCK

アンデッドアンラック

不揃いなユニオンの日常

CONTENTS

Ep《エピソード》.001
おば様《さま》がいなくなって……

整理整頓の基本は、物を少なくすること。

出雲風子《いずもふうこ》は、そう考えている。

物が少なければ、整理をするのも、掃除をするのも苦にはならない。

なにより、彼女の否定能力——不運【UNLUCK】——は、触れた相手に不運を招くので、同居する祖父にうっかり触れたりしてしまったときに、被害が想定の範囲内で収まるよう、物を減らしておくことは重要だった。

なので、風子の私物はいつも必要最低限で、ユニオンに来てからも部屋は常に片付けられ、掃除も隅々まで行き届いていた。

そんな風子だからこそ、この仕事に最適と選ばれたのだろう。

課題《クエスト》『UMA《ユーマ》スポイルの捕獲』前に、ユニオンで課された、はじめての仕事。

それは『ジーナの部屋の片付け』であった。

準備を整えた風子が静かな気合いと共に自室の扉を開けて外に出ると、そこには鉄球が浮かんでいた。

組織《ユニオン》が独自開発したＢＭ《ブラックメタル》装甲の専用アーマー「球《スフィア》」をまとう不可触【ＵＮＴＯＵＣＨＡＢＬＥ】ことタチアナである。

「わっ、風子!?」

まさか扉が開くとは思わなかったのだろう。タチアナのロボットアームが慌《あわ》てたようにガチャガチャと動き、ぽとりとなにかを落とした。

「ん？　それって……」

「なんでもないわっ」

風子が拾うよりもはやく、タチアナが床《ゆか》に落ちたもの――トランプのケースをかっさらうように拾い上げ、背中に隠す。

「タチアナちゃん、もしかして遊びに来てくれたの？　うれしいな～」

「ち、ちが！」

「え、違った!?　ごめん、うれしくてつい……」

風子が照れつつ謝る。するとタチアナは動揺したらしく、ロボットアームの指先をかくかくとあらぬ方向へ大きく動かし、やがて小さな声で「違わないけど……」と言った。

「……でも、風子はこれから用事があるんでしょ?」

「うん。実は、そうなんだよね」

風子は手に持っている、ほうきやはたきといった掃除道具を見つめた。

「これからジーナさんの部屋を掃除しに行くんだ」

「ジーナおば様の……」

つぶやくように言い、黒い鉄球が沈黙する。

鉄球の中にいるタチアナの表情をうかがい知ることはできない。

けれど、風子には目の前の心優しい少女の考えていることが、簡単に想像できた。

ジーナのための掃除を自分も手伝いたい。けれど、それを言い出すのが、まだ恥ずかしいのだ。

「タチアナちゃんにも掃除、手伝ってほしいな」

「いいの!?」

弾《はじ》かれたように返ってきた軽《かろ》やかな返事に、風子は「もちろん!」と返す。

ふたりは連れだってジーナの部屋へと向かった。

「ありがとね、遊びに来てくれて」

「え!?　あ、うん……」

言葉は少なくてもうれしそうなタチアナの声に、風子はにっこりと微笑《ほほえ》む。

「私、日本にいたときは誰とも関わらないようにしてたから、誰かが遊びに来てくれるの、すっごくうれしい！　そうだ、掃除終わって時間があったら、トランプしようよ！」

「風子……」

タチアナは、隠していたトランプケースをそっと取り出した。

新品のそれは、ビリーと相談して用意したものだという。

「私も……ユニオンに来て、お友達のお部屋に行くの、はじめてだった。でも、どうやって声をかければいいか、わからなくて……ずっと部屋の前にいたの」

「そうだったんだ……。ごめんね、気づけなくて」

「ううん！　だって、勇気が出せなかったのは私のせいだもん。……誰とも触れ合わないできたから、どう声をかければいいか……どうしたら仲良くなれるのか、わからなくて」

言葉を句切《くぎ》ると、タチアナは移動を止めた。

どうしたのだろう、と風子も足を止め、タチアナと向き合う。

タチアナはなにも言わない。ロボットアームだけが、そわそわと動き、やがて意を決したかのように、きゅっと握り込まれた。

「……でもね、変わりたいって思うんだ」

「変わる？」

「ずっとね、自分の能力で誰かを傷つけるのが怖かった。だから、ジーナおば様がいつも優しく声をかけてくれても、できるだけ離れるようにしてたの。……だけど、おば様がいなくなって……すごく後悔してる。もっと、もっとたくさんお話しすればよかった。話しかけてくれたこと、うれしいって私も言えばよかった。でもっ、もう伝わらない……」

「タチアナちゃん……」

「風子と出会って、少しだけど能力の制御《せいぎょ》に自信がついたんだ。だから今度こそ、後悔しないように、もっと女の子たちと仲良くなって、お友達になりたいの」

タチアナの声には緊張とやる気が満ちていた。

風子は胸が熱くなり、ロボットアームを包むように両手で握る。

「うん！　すっごくいいと思う！　私もタチアナちゃんともっと仲良くなりたい！　他のみんなもそうだと思うよ！」

「そう、かな……？　いまさら、仲良くなりたいなんて言って、呆《あき》れたりしない？　図々しいとか、なに言ってるんだこいつとか、自分の都合ばっかりとか、お高くとまりやがってとか、それから、それから……！」

「お、落ち着いて、タチアナちゃん！」

早口でまくしたてるタチアナに、風子は慌ててストップをかけた。

とはいえ、タチアナの不安は風子にもよくわかる。

理由があるとはいえ、いままでそっけない態度を取ってきた相手にいざ向き合おうとするのは、勇気がいることだ。

しかも、ずっと人との関わりを極力避けてきたのだから、そもそものコミュニケーション能力が低い。いや、低すぎる。

とぼしい経験値で挑む新たな一歩は、なかなかにハードルの高いものだった。

（たとえるなら、一目《ひとめ》惚《ぼ》れしてすぐに告白するようなものだよね？『君《きみ》に伝《つた》われ』でも、そんなシーンあったけど……失敗してた）

風子はつい自分の大好きな漫画のシーンを思い出したが、いまは失敗例をあげても意味はない。必要なのは成功する手順や解決方法だ。

とはいえ、風子自身もコミュニケーション能力が高いとはお世辞にも言えない。タチアナに有効なアドバイスはできそうになかった。

「誰か、コミュニケーション能力高い人に相談してみる？　あ、そうだ！　アンディ……」

「却下《きやつか》」

「即答!?」

「あんなデリカシーのない男に、教わるものなんてない」

ぷいっとそっぽを向くタチアナに、風子は「あー……」と同意ともため息とも取れる声を出す。

たしかにアンディは誰とでも打ち解けることはできる。しかしそれは自分のペースに相手を乗せてしまうからだ。

自分の興味があることにとことん前のめりで、突っ走る。それがアンディだ。

おかげで、アンディに対する風子の第一印象は最悪だった。

タチアナも、最初のバトルでいろいろありすぎたせいで印象は最悪なのだろう。

「教わるなら、風子からがいい」

「ええ、私!?　えーっとえーっと……！」

タチアナのレンズに見つめられ、風子は必死に考えた。けれど、やはり経験不足である風子に、画期的な解決方法は思いつかない。

「やっぱり……素直に話しかけることから始めるしか、ないんじゃないかな……？」

　たっぷり一分間考えて出した風子のアドバイスに、タチアナは「やっぱり、そうよね」と神妙な声で答えた。

「話しかけて……嫌われないといいな」

「大丈夫だよ！　……そうだ！　だったら、話しかけるとき私も一緒に行くのはどうかな？　ひとりだと不安だけど、ふたりなら！」

「いいの!?　ありがとう！」

「ううん！　一緒にがんばろう！」

　風子とタチアナはぎゅっと握手をして笑い合い、改めてジーナの部屋へと向かった。


　ジーナの部屋を見た風子は、静かな闘志に燃えた。

「これは……整理のしがいがあるっ！」

「そういうものなの……？」

　燃えている風子の隣で、タチアナがたじろいだ声を漏《も》らす。

　ふたりの眼前に広がるのは、溢《あふ》れんばかりの趣味の品々だ。

ウォークインクローゼットに入りきらないブレザー、セーラー服、チェックスカート、プリーツスカートといった洋服のたぐいが、壁を埋《う》め尽《つ》くすように吊《つ》られている。ライトがたくさん付いているドレッサー上には化粧品類が隊列をなしており、隣の棚には美容器具がぎっしりと詰まっている。

その他にも雑誌があちこちに並び、それを支えるようにアクセサリースタンドが置かれ、当然ながらそのスタンドには大量のアクセサリーが飾られていた。

物は棚だけに収まらず、床にも散らばって落ちている――もしかしたら、置いているつもりかもしれないが、もはやわからない状態だ。

とにもかくにも、さまざまな物が溢れていた。

「どこから手をつけようかな！」

風子がうきうきと悩んでいると、

「失礼します」

控えめなノックの後に扉が開き、少女がひとり入ってくる。

中華服を身につけ、髪を二つのおだんごにまとめた少女は、シェンの部下であるムイだ。

「お掃除すると聞き、お手伝いにまいりました」

ペコッとお辞儀するムイも、手にはエプロンを持っていた。

「ありがとう！　助かるよ、ムイちゃん！」

「とんでもございません。ジーナ様は、私にも優しくしてくださいました。ですから、私もジーナ様のために、なにかしたいと思っていたんです」

「そうだったんだ……。じゃあ、三人で一緒にがんばろう！」

「はいっ！」

「う、うん」

掠《かす》れた声で返事をしたタチアナに、風子はすーっと近づくと小声で話しかけた。

「チャンスだよ、タチアナちゃん！　一緒に掃除をしていれば、ムイちゃんとも会話のきっかけができるよ。きっと仲良くなれる！」

「そ、そうね……。やってみる……！」

「うん、応援してる！」

するとすぐさまタチアナはすーっと、ムイのほうへ進んだ。

（え、もう!?　いきなりすぎない!?）

風子は心配した。けれど、やる気になっているタチアナに水をさすのはよくないと思い直し、心の中でエールを送ってふたりを見守る。

「どうされました、タチアナ様？」

エプロンのリボンを結び終えたムイが、タチアナに優しく微笑んだ。

「な……」

タチアナが裏返った声で言う。

「な？」

律儀《りちぎ》なムイが不思議そうに繰《く》り返《かえ》す。

「な、なか……」

「ななか？」

「なか……よ……！」

「あ、『なか』ですね？」

「なっ……！　な、なんでもない！」

と言うと、タチアナはピューッと部屋の奥へ逃げた。

本当はそのまま奥にあるウォークインクローゼットの中へ隠れたかったのだろうが、入り口はタチアナが入るには狭く、壁にドンッとぶつかり、コロンと転がった。

「タチアナちゃん、大丈夫!?」

風子とムイが慌てて駆け寄ると、タチアナはぽんっと跳《は》ねるように飛び起きた。

「なんでもない！　なんでもないの！」

恥じらうようにレンズをロボットアームで隠し、風子たちに背を向ける。

黒光りする鉄球が、心なしか恥じらいで赤くなっているように風子には見えた。

（やっぱり急には、「仲良くしてね」って言うのは難しいよね……。そもそも急に言いすぎだったし……）

風子はタチアナを励《はげ》ますように、そっと鉄球を撫《な》でた。

タチアナがうかがうように、チラリとレンズを風子に向けてきたので、風子は力強く頷《うなず》き返す。

チャンスはまだある。

なにしろ、風子の見積もりでは、部屋を掃除するのにたっぷり一日はかかるはずだ。それだけの時間を一緒にいれば、仲良くなる機会はまだまだあるに決まっている。

だからいまは落ち込むのではなく、やるべきことをするべきなのだ。

「さぁ、掃除をはじめよう！」

風子は元気よく宣言した。

風子の指示のもと、三人は室内の物を大まかに分けてから、片付けることにした。

ジーナの持ち物で圧倒的に多い衣類を一か所に集め、その次に多い化粧品、アクセサリ

ーもそれぞれ集める。残りのものは「その他」としてやはり一か所に集めるルールだ。

「オシャレな人って、モノが多くなるんだなぁ～」

衣類の山を見あげて、風子は感心する。

「美容にも大変気をつけてらしたようですね。これ、もう八個目です」

ムイが棚の奥で見つけた美顔器を、化粧品のそばに下ろした。

「……ねぇ、これは『その他』でいいの？」

そう言って、タチアナが運んできた段ボール箱を風子に見せる。

段ボール箱の中には、手のひらサイズの小瓶《こびん》が整然と並んでいた。

風子はそのひとつを手に取り、瓶のラベルを読んだ。幸運なことに説明書きは日本語だった。

「これ、サプリだよ。軟骨成分豊富だって」

タチアナによると、同じサプリが入った段ボール箱が、収納庫にあと五箱はあるそうだ。

「……膝《ひざ》用でしょうか」

「膝だろうね」

ムイと風子が神妙な顔で頷き合う。

ジーナの実年齢を考えると、やはりアンチエイジングには相当気をつかっていたのだろう。

「じゃあ、こういうサプリ系は『化粧品』と一緒にまとめようか」

「わかった。私、運んでくる」

「タチアナ様、私もお手伝いします」

「え……」

　ムイの申し出に、タチアナが固まる。

（チャンスだよ、タチアナちゃん！）

　風子は心の中でエールを送った。

　まさにタチアナにとっては千載一遇《せんざいいちぐう》のチャンスと言えた。

　相手から話しかけてきてくれたのだから、こちらは答えるだけでいい。

　しかも、一緒に荷物を運べば、きっと——

『重い？』

『大丈夫です』

『……よかったら、一緒に持つ？』

『ありがとうございます！　タチアナ様、優しいんですね（好感度アップ）』

——ということだって夢ではない。

少女漫画で培《つちか》われた風子のセンスが、「時は来た！」と告げている。

風子の熱いエールのまなざしの先で、硬化が解けたタチアナが無意味にロボットアームをガチャガチャ動かしながら、言った。

「い、いい！　ひとりでできるわ！」

「あっ、失礼しましたっ」

ムイが慌てて頭を下げる。どうやら、タチアナのプライドを傷つけたと思ったようだ。

「ち、ちがっ……！」

タチアナは焦《あせ》って訂正しようとするが、なにを言うべきかがわからないようで、ロボットアームが忙《せわ》しなくわちゃわちゃと動くだけだ。やがてロボットアームの指先が、しゅん……と力なくたれた。

「荷物、運んでくるわ……」

タチアナはそう言うと、収納庫のほうへ去って行った。

さびしげな鋼鉄の背中を見ていると、風子の胸は締めつけられた。

仲良くなりたいと思う気持ちと、勇気が出せない気持ち。その両方が痛いほどわかる。

せめて、誤解だけは解こうと風子はムイに声をかけた。

「ムイちゃん、タチアナちゃんね、少し緊張しているみたいで……」

「わかっております。きっと、私のことも許せないんですよね」

「え？」

想定外の言葉に思わず風子はムイを見つめた。

重ねた両手を体の前でそろえて佇《たたず》む彼女は、どこか寂しげな表情だった。

「許せないって、なにが？」

「……ジーナ様を倒し、ユニオンの席を手に入れるよう、風子様たちに教えたのはシェン様ですから」

風子は息を呑《の》んだ。言われてはじめて気づいた。

ユニオン側から見てみれば、シェンもまた『仲間殺し』を容認し、促《うなが》した人物なのだ。

言葉をなくす風子に、ムイは少しだけ視線を落とした。

「タチアナ様はジーナ様のことを想《おも》い、アンディ様に決闘まで申し込まれたそうですね。ならば、その発端となったシェン様……ひいては私のことを許せないのは当たり前です。あからさまに敵意を向けてこられないのは、きっとタチアナ様の優しさですね」

「そんなことないよ！　タチアナちゃんは……！」

ムイちゃんと仲良くなりたいんだよ。その一言が、言えなかった。

タチアナの想いを勝手に代弁してはいけない、と心にストップがかかったのだ。

風子は迷い、唇《くちびる》を嚙《か》みしめる。

そして、ためらいつつも、手袋をした手でそっとムイの手を包んだ。

「ムイちゃんも、辛《つら》かったんだね……」

「！　風子様……」

ムイの瞳が大きく見開かれる。その瞳に、薄い涙の膜が広がるのを見て、風子は慌てて手を放した。

「ご、ごめんね！　怖がらせちゃったね！　でも、手袋越しだから不幸は起こらないと思う！　あ、でも怖いよね、ごめんね、ムイちゃん！」

「いいえ、違うんです！」

慌てる風子の手を、今度はムイがそっと手で包んだ。

「嬉《うれ》しかったんです、風子様のお気持ちが……」

「ムイちゃん……」

風子は胸が痛くなる。

ムイはさきほど、「ジーナには優しくしてもらった」と話していた。

彼女の遺品を片付けるのを手伝いたいと思うほどに、ジーナと交流があったのだろう。

それほどに慕《した》った相手の死んだきっかけが、自分の大事な上司の提案だとしたら、その心はどれほど複雑だろうか。

「ごめんね、ムイちゃんが苦しんでいることに気づかなくて」

「いいえ、風子様が謝る必要はありません！　これは私が……私が勝手に抱《いだ》いている想いですから……」

「その想い、聞いてもいい……？」

「え？」

「ムイちゃんがジーナさんのことで悲しんでるなら、一緒に悲しみたい。ムイちゃんの話をもっと聞きたい。それぐらいしかできないけど……とても大切なことだと思うから」

アンディと出会ってから、話をすること――相手を知ることの重要さを、身をもって知った。

だからこそ、ムイの想いもきちんと知り、受け止めたかったのだ。

風子の願いに、ムイは迷うように視線を彷徨《さまよ》わせ、微笑んだ。

「でしたら、少し話を聞いていただいてもよろしいでしょうか。私の想いと、シェン様の想いを……」

風子がこくこくと頷くと、ムイはゆっくりと話しはじめた。

ジーナの敗北を知ったとき、ムイはすぐには信じられなかった。

なぜならジーナは歴戦の戦士であり、強力な否定者でもあったからだ。

敬愛するシェンが不死《アンデッド》たちに期待していると知っても、ボイドに続いてユニオンメンバーの交代は、どこか現実味がなかった。

だから現実になってはじめて、それが意味する喪失《そうしつ》に打ちのめされたのだ。

(私はなんて愚《おろ》かで、甘いのでしょう……)

廊下を歩いていた足を止め、ムイは後悔がにじんだ息を漏らす。

ジーナの訃報《ふほう》を聞いてから数日たつというのに、彼女にもう一度会いたいと思う気持ちは薄れない。

いつだって帰ってくると思っていたから、「いってらっしゃい」の挨拶《あいさつ》もしなかったことを、こんなに悔やむなんて。

そしてなにより、ムイの心を占めている想いは――。

「ムイちゃん、どうかした?」

シェンの声に、ムイははっと顔をあげた。

廊下の端で佇《たたず》む姿を、通りかかったシェンに見られてしまったようだ。

「な、なんでもありません！」

「そう？　なんだか元気ないみたいだけど？」

「無問題《だいじょうぶです》！　ちょっと考え事をしていただけですので」

「んー……。でも、それで泣いたりする？」

「え!?」

ムイは慌てて目元に手で触れる。濡《ぬ》れている感触に、自分が泣いていたことにようやく気づいた。

「もしかして……なんかまたボクのせいで、面倒な書類増えた？　ごめんね？」

申し訳なさそうに言うシェンの優しさに、ムイは泣きたくなる。

喉元《のどもと》まで出かかっている言葉を、必死に呑み込んだ。

「い、いえ……そんなことは……！　ジーナ様が亡くなって、シェン様は悲しくないのですか!?」

呑み込もうとしていた言葉が、口から飛び出し、ムイは慌てて口を手でおさえた。

不真実【ＵＮＴＲＵＴＨ】――シェンの否定能力が発動したのだ。

「シェン様、違うんです！　私、そんなこと言うつもりじゃ……！」

慌てるムイに、シェンは首を振った。

「ごめん。いきなり能力を使って。でも、ムイちゃんには無理してほしくないんだよね」

「無理、ですか……？」

「うん。言いたいことを言わずに呑みこむとか、してほしくない。いや、しないでほしい。間違ってることは『間違ってる』ってちゃんと言ってほしいんだ。ほら、ボクって狂ってるとこ、あるしさ」

「狂ってるって、どこがですか!?　シェン様はいつでもお優しいです！」

「そうかな。仲間を見殺しにしてでも、強い相手に出会いたいと思うのは、普通はクレイジーって言うよ。それこそ、ジーナさんが言ってた『戦闘狂《バトルマニア》』ってのは、的を射ていると思うんだよねー」

屈託《くったく》のない表情で言うシェンに、ムイはかける言葉が見つからない。

ムイの葛藤《かっとう》に気づいたのか、シェンは励ますように、ムイの頭を軽くポンポンと撫でた。

「ボクに気を遣《つか》う必要はないよ。むしろ、ムイちゃんはボクの狂気《かんがえ》に流されずに、正しいと思うものを大切にしてよ」

ね、と念を押したシェンは、とても晴れやかで優しい顔をしていた。

それが、彼の真実だとわかるほどに。


シェンとのやりとりを話すムイは、とても静かだった。

淀《よど》みなく話す様子から、彼女自身が何度もこのやりとりを思い出し、シェンのことを考えていたことが伝わってくる。

「シェン様は、ご自分を『狂っている』とおっしゃいますが、私は違うと思います。仲間を見殺しにすることが正しくないことだと、ちゃんと理解されている。理解した上で、あの方は自分の望みを選んだ。そういう覚悟を持った方なんです」

風子はシェンとはじめて会った日のことを思い出す。

自分たちを殺しに来たのに、なぜか笑顔で「ウチのメンバー、もう一人殺してよ」と言いだし、信じていいのかわからなかった（結局、信じる以外に道はなかったのだが）。

腹の読めない人――シェンに対する印象は変わらない。それでも、ムイの話を聞いてぼんやりとだが、シェンという人の輪郭《りんかく》が見えた気がした。

なにより、ユニオンに来てからずっと抱いていた疑問のひとつが解けた。

「シェンさんみたいな覚悟を、きっとここにいる人たちみんな、持っているんだろうね」

「みなさんが、ですか？」

「うん。実はね、ジーナさんの席を奪って入ったわけだから、もっと居《い》づらい場所になるんじゃないかって、思ってたんだ。でも、タチアナちゃんはちゃんと怒ってくれたけど、他の人はあっさりと受け入れてくれて……」

言葉を切ると、風子はジーナの部屋を見回した。「それこそ、ジーナさんの部屋の片付けまで頼まれちゃうし」

考えてみれば、不思議な話だ。言葉を交《か》わした相手とはいえ、倒した相手の遺品を片付けさせるなんて、ある意味、盛大な嫌みともとれる。

けれど、掃除の仕事を頼んできたニコにそんな様子は微塵《みじん》も感じられなかった。

むしろ「掃除を押しつけて悪いな」と言われてしまい、風子が慌てたくらいだ。

「でも……ようやくわかったよ。みんな、覚悟を持ってここにいるんだね。仲間を失っても、その先にある……目的、みたいなものを見つめている。そういう覚悟を持って、集まってるんだ」

風子の言葉に、ムイが頷く。長くユニオンにいる彼女にとっても、それは納得できることだったようだ。

「今回のことで、私は遅まきながらシェン様の覚悟の強さを実感しました。その覚悟にいたるには、きっと多くの重荷をシェン様は背負ってきたのだと思います。私は無力で、いまはまだシェン様の重荷を一緒に持つことはできません。だからせめて、自分が正しいと思うことをしようと思って、ここに来たんです」

「……ムイちゃんはすごいね」

「えっ、そんなことありません！　すごいのはシェン様や、風子様のように能力を持っている方で……」

「ううん。能力とか、関係ない！　ムイちゃんは優しくて、がんばり屋さんで、しっかりしてて、すごいよ！」

ニコッと風子が笑いかけると、ムイは照れるようにはにかんだ。

「少し、長話をしてしまいました。片付けを急がないといけませんね」

そう言って、ムイはパタパタと奥の部屋へと姿を消した。

「さて、私もがんばらなきゃ」

風子が改めて物が溢れる棚に向かったとき、衣類の山の陰《かげ》から、コロン……とタチアナが転がり出てきた。

「タチアナちゃん！　どうしたの!?」

「…………」

沈黙するタチアナに、風子はハッとする。

「もしかして、ムイちゃんとの話、聞いてた？」

「…………うん」

タチアナは言いにくそうに答えると、ふわりと浮かび上がった。

「私もね、みんながジーナおば様のことを悲しんでなくて、ちょっと不満だったんだ。でも、風子の話を聞いて、みんなの気持ちが少しだけわかった気がする」

「そうだね……。でも、タチアナちゃんみたいに、ちゃんと怒って悲しんでくれる人がいて、ジーナさん、嬉しかったと思うよ」

「……ありがと、風子」

タチアナが体を回転させ、ムイが消えた奥の部屋へと視線を向けた。

「ムイっていい子ね」

「うん！　とっても優しいよね！」

「お友達に、なりたいな……」

「！　なれるよ！」

風子は勢い込んで言ったが、鉄球の丸いレンズは項垂《うなだ》れるように下を向いた。

「でもね、友達になりたいって思えば思うほど、なんて言えばいいのか、わからなくなっちゃって。いまも二人の話を聞いちゃったから、本当はちゃんと声をかけたかった。でも、邪魔してるって思われたらどうしようって思って……勇気が出なかった」

「タチアナちゃん……」

風子がかける言葉に迷っていると、奥の部屋からムイの大声が聞こえた。

「風子様、タチアナ様、こちらへ来てください!!」

どこか興奮気味の声に、風子たちは奥の部屋へと急ぐ。

「見てください、ここ！」

ムイが案内してくれたのは、奥の部屋から、さらに扉一枚奥の部屋だった。

真四角の部屋の壁一面に、絵が飾られていた。

どれも同じタッチで、描《か》いたのは同じ人物だとわかる。

「ジーナさんの絵だ……！」

バイカル湖でジーナの絵を見ていた風子は、懐かしむように絵を見つめた。

この部屋はジーナがアトリエとして使っていたようで、イーゼルや絵の具、紙などもどっさりと残されている。

「……そういえば以前、ジーナおば様に一緒に絵を描かないかって誘われたこと、あった。

あのとき、断らなければよかった……」

　床に落ちていた筆を拾ったタチアナが、ポツリと言う。

「だったらこの画材、タチアナちゃんがもらったら？」

「え？」

「掃除を依頼されたとき、ジーナさんの私物で使えそうなものや、形見分けにできそうなものは、ユニオンの人に配ってほしいって言われてるんだ」

「たしかにこれを全部処分してしまうのはもったいないですね。これだけあれば、きっといろんな絵が楽しく描けます」

　ムイが絵の具の棚を見ながら同意した。

「どうかな、タチアナちゃん？」

「いいのかな……？」

　黒い鉄球がモジモジとロボットアームの指先を動かす。

　風子は元気づけるように、大きく頷いた。

「うん！　ジーナさん、タチアナちゃんと絵が描きたいから、誘ったんだと思うよ。きっとこの画材で絵を描いたら、喜んでくれると思う」

「……そうだね。おば様の画材で、絵を描いてみる！」

「うんうん！　絶対いいと思う！」

「よかったら、風子も一緒に描かない？」

「いいの!?　うん、描きたい！　……でもすぐに課題《クエスト》に行くことになるから、その後でもいいかな？　……あ！」

突然、大きな声をあげた風子に、タチアナだけでなくムイも驚き、なにごとかと注目した。

そんなムイに、風子はにっこりと微笑んだ。

「ムイちゃんも一緒に描こうよ！」

「え？　私もですか？」

びっくりしたムイが目をパチパチと瞬《しばた》かせる。

「うん！　みんなで描いたほうが楽しいもん！　どうかな、タチアナちゃん!?」

一緒に仲良しへの一歩を踏み出そうよ、と想いをこめてタチアナを見る。

その想いは不安いっぱいのタチアナの気持ちを動かし、鉄球から掠れ気味で、やや裏返った声が漏れた。

「そ、そうね……。べ、べつにいいけど……？」

しかし、返事をすることで精一杯だったようで、なぜか上から目線の返事になってしまっていた。

「タチアナちゃん……！」

風子が内心慌てていると、タチアナの態度を「渋々の受諾《じゅだく》」と受け止めたムイが、申し訳なさそうに頭を下げた。

「せっかくのお誘いですが……私と一緒では、タチアナ様が楽しめないかと……」

「そんなこと……！」

ない、と否定する言葉は、「へー。いいじゃねーか、この部屋」という男の声によってかき消された。

白い髪をオールバックにした男――不死【ＵＮＤＥＡＤ】こと、アンディだ。

「アンディ！」

「ボクもいるよー」

と、のんびりと言ったのは、アンディのうしろから入ってきたサングラスの男だ。

「ビリー様！」

タチアナはパッと彼に近づくと、ロボットアームを伸ばしてビリーの手を取り、別のロボットアームで散在するイーゼルを手早く片付け、彼が歩きやすい空間を作りはじめる。

「いま、歩きやすいように物をどかしますから！」

「ありがとう、タチアナ。でも、そこまで整理しなくても大丈夫だよ。今日は普通の靴だけど、わずかな音の反響でもだいたいの物の位置はわかるからね。掃除の邪魔になるといけない」

「わかりました。あの、ビリー様がどうしてここに？」

「うん、ちょっと風子ちゃんに用事があってね。アンディくんからジーナの部屋にいるって聞いたから、せっかくだし一緒に来てもらったんだ」

「私に用事、ですか？」

きょとんとする風子の前に、タチアナにいざなわれてビリーが進み出る。

「風子ちゃん、ジーナのジャケットを身につけてるんだってね。そのポケットに、お菓子って入ってなかった？」

「え？」

風子は慌てて自分の腰に巻いたジャケットに触れる。それはジーナの形見の品だ。

「お菓子、ですか？」

「そう。ジーナは任務に出かけると、きまってお菓子をお土産《みやげ》に買ってきてくれていたんだよ。――タチアナのためにね」

「え……」

思いがけず自分の名前が呼ばれ、タチアナが驚きの声をあげる。

ビリーは声のしたほうへ顔を向けて微笑んだ。

「ジーナの希望で、黙っていたんだけど……もう知ってもいいかもね」

「おば様が、どうして私に……!?」

「君のことを気にかけていたんだよ、ずっとね」

「ずっと……？」

「うん。ユニオンに来た君は、能力のせいで必要最低限の人としか交流しなかっただろう？　『まだ幼いのに、ひとりきりで辛そう』って、ジーナはとても心配していたよ」

「そんな……私、全然知らなかった……」

驚き、混乱した様子のタチアナの声は、だんだんと小さくなっていく。

ビリーは困ったように無精《ぶしょう》ヒゲを撫でた。

「ジーナはそういうとこ、うまかったんだよね。下手《へた》に構いすぎると、君が負い目を感じてしまうかもしれないって適度な距離を保ってた。たしか、日本にはそんな意味のことわざがあるよね？　えっと……『足の甲より年の功』だったかな？」

「亀の甲より年の功、だな」

アンディがさらりと訂正すると、「それそれ」とビリーが破顔した。

「ビリーさん、もしかしてコレですか？」

ジャケットのポケットを探していた風子が、セロファンに包まれた一粒のチョコレートを差し出す。

「お、やっぱりあった？　さすがだな、ジーナ」

ビリーが感心したように言うと、

「あの戦闘でよく落ちなかったな」

アンディもまた感心したように言った。

手のひらにおさまるチョコレートを、風子は懐かしむように目を細めて見つめた。

「ポケットに入ってるなんて、全然気づかなかったよ。でも思い返せば、あのときもジーナさんはポケットからチョコレート、出してくれてたな」

「あのときっていつの話だ？」

アンディが尋ねる。

「私がジーナさんと一緒に絵を描いたとき。『休憩しよう』って言って、このチョコレートをくれたんだ」

あのとき、ジーナはこうも言っていた。

『試食して感想教えて。いくつかのメーカーを食べ比《くら》べしたんだけど、私的にはこれが一番おいしいと思ったんだよねー。でも、私だけの好みより……まぁ……なんていうか……私より、ちょぉーっとだけ若い子の味覚でもイケるか、確認したくて』

もらったチョコレートはとてもおいしかった。

風子が素直に感想を伝えると、ジーナはとても喜んでくれた。

『あの子にとってもふるさとの味だし、いっちばんおいしいのを持って帰りたくてねー』

なるほど、お土産用なのか。だから、他人の好みも気にしているのか。

ジーナの優しい人柄に触れ、心が温かくなったのを覚えている。

(まさかそれが、タチアナちゃんのためだったなんて……)

風子は不思議な巡り合わせを感じながら、呆然《ぼうぜん》としているタチアナに、チョコレートを差し出した。

「はい、タチアナちゃん。ジーナさんからのお土産だよ」

「ジーナおば様……」

ロボットアームが戸《と》惑《まど》いながらも、そっとチョコレートをつまみあげる。

「……ずっとそっけない態度をとっていたのに、ジーナおば様は私のこと……。私、ひどい子だ……!」

「そんなことないよ」

ビリーがタチアナを慰《なぐさ》めるように鉄球に触れる。

「君が能力のせいで遠ざけていたことを、ジーナはちゃんとわかっていた。だから、心配していたんだ。君が気に病《や》むことじゃない」

「ビリー様……」

タチアナの声は、ぐすっ……と鼻水まじりだった。

「いまは無理でも、いつかちゃんとタチアナにお土産を正々堂々と渡せる日が来るって、ジーナは信じてたよ。『タッちんにひとりは似合わないもん』って言ってた」

「ほんとあいつは、不器用で優しい奴《やつ》だったからな」

アンディがフッと笑い、飾られた絵を見回す。

流れていく時間を切り取った絵画は、彼女の安らぎの時間だったのだろうか。

「自分は変われないって諦《あきら》めてたのに、他の奴らには幸せになって変《わ》って《て》ほしい、なんて。不変【UNCHANGE】なのにな」

「だからこそなのかも」

「ん？」

風子のつぶやくような声に、アンディが片眉《かたまゆ》をあげて、振り向いた。

「不変だからこそ、変わることで見つかる幸せもあるって、知っていたのかも」

そしてそれを、まだ若いタチアナに託したのかもしれない。

「そうかもしれねぇな」

アンディがニッと片方の口角だけをあげて笑う。

「んじゃ、せっかくだ。俺もジーナの形見代わりにここらの絵の具でももらってくか」

「あ、それは……」

「待ちなさいよ、ゾンビ」

風子が止めるより先に、タチアナの声が制した。

「ん、なんだ？」

アンディが怪訝《けげん》そうにタチアナを見る。

タチアナはむんっと胸をはるように、軽く反《そ》らした球体でアンディと向き合った。

「この画材はまず、ムイに選んでもらうわ」

「え!?　私ですか!?」

ムイが驚きの声をあげる。

するとタチアナはすーっとムイの前へと移動し、大きな声で言った。

「ムイ！　画材を選んだら私と一緒に絵を描いて！　私……私、あなたと友達になりたい！　ジーナおば様の願いを私は叶《かな》えたい！」

早口で、まくしたてるような告白は、いかにタチアナが緊張していたかをみんなに伝えていた。

二本のロボットアームは祈るようにがっちりと指を組んで、ボディの前で固まっていた。

その鋼鉄の指に、ムイの手が触れる。

「はい。もちろんです、タチアナ様。私も、タチアナ様ともっとお話ししたいです」

「ほ、ほんと!? と、と、友達になってくれるの!?」

「私でよければですが……」

「いいに決まってる！ 私はムイと友達になりたいんだもん！」

「ありがとうございます、タチアナ様」

手を取り合い、ムイとタチアナはえへへ……と笑い合った。

「よかったなー、ジーナも浮かばれるよ」

事の次第を聞いていたビリーが、ズズッと鼻をすする。

「本当にそうですね……」

と答えた風子も、心の中では「よかったね、タチアナちゃん！ がんばったね、タチアナちゃん！ 今日はお赤飯だよ！」と何度も繰り返し、目に浮かんだ涙をそっとぬぐう。

そしてアンディもニヒルな笑《え》みを浮かべて、言った。

「にしても、友達になってほしいって言いながら、画材を選んだら一緒に絵を描けって迫るのは、なかなかの悪手《あくしゅ》だぞ。オッケーが出てよかったな」

その後、激怒したタチアナがアンディに再びバトルを挑んだことは言うまでもない。

Ep.002《エピソード》
転校生《てんこうせい》!
天下《てんか》
無双《むそう》!!

暦《こよみ》は十二月に入り、街はクリスマスの準備に余念がない。

けれど、そんな心おどるイベントとは無縁の場所があった。

大学受験を控えた高校三年生の教室である。

最後の追い込み中である生徒たちの心は、残り少なくなった学生生活を堪能《たんのう》したい気持ちと、新たな門出《かどで》に向けて全力投球で準備したい気持ちを天秤《てんびん》にかけ、永遠に釣り合いのとれないシーソー状態だ。そんな人間たちが一か所に詰め込まれるのだから、教室は独特の緊張感に満ちていた。

もちろん、全員が同じ状態ではなく例外も存在する。

熱海涼《あたみりょう》もまたそのひとりで、彼の場合はスポーツ推薦《すいせん》での大学進学が決まっているので、心のシーソー状態とはある程度の距離を置いていた。

朝練を終えて教室に入った涼に、メガネをかけたクラスメイトの柴薫《しばかおる》が眠たげに声をかけてきた。

「はよー……。冬だってのに汗だくだな、涼」

「おはよ。朝練はもっぱら基礎練で体動かすから。時間ギリだから、シャワー浴びさせてもらえなかった」

タオルでごしごしを汗をふきながら涼は自分の席に座る。そこはちょうど、声をかけてきた柴のうしろの席だ。

「柴、ちゃんと寝てるか？　寝ないと勉強もはかどんねーだろ」

「そーなんだけどさー。進みが悪くてずるずると……」

ふわぁと小さくあくびをする柴に同情のまなざしを向けていると、小柄な男子生徒、瀬《せ》見《み》翔太《しょうた》がやってきた。

「なぁ、なぁ！　クリスマスどうする!?」

「え、クリスマス？　やるのか？」

驚く涼に、提案した瀬見はきょとんと首を傾《かし》げる。

「そりゃやるでしょ。クリスマスは一年に一回しかないんだよ？」

「いや、受験も一年に一回しかないぞ……」

眠たげに柴が突っ込む。

「そうだけどさー。楽しみも必要じゃん？」

「勉強のことが気になって楽しめないよ。このメンツで晴れ晴れとクリスマスを祝えるの、涼ぐらいだろ」

　級友ふたりの視線が涼に集まる。涼は困ったように笑った。

「俺だって推薦決まってるからって、そこまでお気軽じゃいられないぜ？　怠《なま》けたりしたら、入学した後つらくなるし……。それに今年のクリスマスは平日だろ。普通に部活だって。四人ともそれぞれ忙しいなら、クリスマスはまた今度に……」

「いや、三人だろ？」

　柴が呆《あき》れた顔で言う。

「え？　でも……」

　涼は目を瞬《しばた》かせて友人たちを見つめた。

　いつも一緒にいるのは、メガネをかけた努力家な友人と、小柄でひょうきんな友人、そして[redacted]――……。

「……あれ？　三人だな」

「大丈夫か、涼？　運動しすぎて記憶が飛んだか？」

「いや、そんなことは……なんだろ、いつも四人いる気がしたんだよ。変だよな」

　首を傾げる涼を、瀬見がニヤニヤとした顔で小突《こづ》いた。

「それってさー、もしかして誰かを無意識に頭数《あたまかず》に入れてるんじゃないの～？」

「へ？」

「涼ちんは〝誰かさん〟と一緒にクリスマス過ごしたいんじゃないのー？　それで思わず四人なんて言っちゃったんでしょ～？」

「なっ！」

瞬間湯沸《ゆわ》かし器のようにボッと顔を赤らめた涼を見て、柴がニヤリと笑った。

「ああ、そういうことか。だったら俺たちのことは気にしないで、ぜひクリスマスをふたりで楽しく過ごしてくれ。応援してる」

「だ、だから！　そういう意味じゃないって！」

涼は慌《あわ》てて否定するが、ちょうど教室に入ってきた生徒の姿を見て動きを止めた。

教室に入ってきたのは、長い髪を左右で三《み》つ編《あ》みにまとめた女子生徒だ。

控えめな印象の女子生徒の名は大木有理《おおきゆり》。有理は近くのクラスメイトに柔らかく挨拶《あいさつ》をしながら自分の席に座る。鞄《かばん》は持っていない。大学の推薦入学が決まっている彼女も、引退した園芸部を手伝うため、朝早く登校して花壇の世話をしている。そのことを、涼は同じクラスになる前から知っていた。

有理を見つめていた涼の顔の前で、瀬見が手のひらをひらひらと振った。

「おーい、見とれすぎ」

「え！　あ、いや……」

はっとして視線を友人たちに向けると、ニヤニヤと生あたたかい視線が待っていた。

「いい機会だ。クリスマスに誘ったらいいじゃん。それこそ『伝説の木』の前でさ」

柴のメガネの奥の目が眠たげな様子から、楽しげなものに変わったのに気づき、涼は口を尖《とが》らせた。

「簡単に言うなよっ。他人《ひと》ごとだと思って……」

「他人ごとだからな」

「他人ごとだし～」

間髪《かんはつ》入れずに友人たちが口をそろえて言うので、涼はもはや反論する気も起こらず、黙ってタオルで汗をふく。

そうこうしているうちに、予鈴が鳴り、瀬見も他の生徒たちも、すばやく自分の席に座った。

それを見計らったかのように担任の教師が姿を見せる。そのうしろに、見慣れぬ男子生徒がついてきていた。

背の高い、体格のしっかりした男子生徒だ。アジア系だが、彫《ほ》りの深い印象的な顔立ちをしている。

　涼をはじめ、クラスメイトたち全員が興味津々《しんしん》で男子生徒を見つめていると、担任の先生が口を開いた。

「突然だが、転校生を紹介する」

　転校生！

　誰もが予想していた単語ではあったが、インパクトは大きかった。

　受験勉強に疲《ひ》弊《へい》していた生徒たちは、転校生という刺激的存在に前のめりになって視線を集中させる。

　そんな中、ふと涼は教室内の温度差に気づいた。

　単なる好奇心で注目している男子生徒たちに対して、女子生徒たちの目の色が違う。

　うっとりしたり、目をうるませたり、なんだかそわそわしているのだ。

　もしやと思って、転校生の顔を今度はじっくりと見てみた。

　なるほど、たしかに整った顔立ちをしている。

　アイドル風の甘いマスクとは違うが、どこか人を惹《ひ》きつける顔だ。

　モテるな、こりゃ……。

　涼は素直な感想を抱《いだ》き、直後にハッとして体を硬直させた。慌てて、有理の様子をうかがったが、前のほうに座る有理の表情は見ることができない。

同様の焦燥感《しょうそうかん》を抱いた男子生徒は涼だけではなかったようで、教室内の視線の温度がヒートアップしていく。

そんなさまざまな想《おも》いが交錯《こうさく》する視線の中、転校生はニコリと微笑《ほほえ》むと言った。

「はじめまして、シェン＝シアンです。運命の花嫁を見つけるためにやって来ました」


一度聞いたら、二度と忘れられないような自己紹介をした転校生。

そんなシェンのサポート役に、涼は任命されてしまった。

涼の内申書に「面倒見がいい」と記入した担任による指名であったので、涼も断ることはできなかった。

隣の席に座ったシェンに「よろしく」と簡単に挨拶をすませると、涼は気になっていることを尋ねた。

「なぁ、運命の花嫁ってなに？」

声をひそめて聞いたつもりだったが、周囲の生徒たちがこぞって耳をすましているのが気配でわかる。

しかし、当のシェンは注目を集めていることに気づいていないのか、それとも気にしていないのか、涼だけをまっすぐに見つめて声量もおさえずに明るく答えた。

「言葉の通りだよ。運命に祝福される花嫁を探しに来たんだ。この学校でなら、出会えると思ってね」

本気で言ってたのか。涼を含めた生徒たちが、絶句（中にははしゃぐ者もいた）する。

すると、今度はシェンが質問してきた。

「涼くんは、運命の人はいないのかい？」

「はぁ⁉　なっ、なんでっ⁉　いないよ！」

「そうなの？　聞いた話ではもうすぐ……」

「えっ、聞いたって、誰⁉」

転校生は考えるようにゆっくり瞬《まばた》きをすると、さわやかに微笑んだ。

「……気のせいだったかもしれない。だってこの学校の人なら、みんなもれなく運命の人が見つかると思って」

「どんな学校だよ、それ……」

涼が思わず呆れた声を出す。いったいどのような学校説明を受けると、そのような発想になるのか。

「……もしかして、七不思議伝説のことを言ってるのか？」

涼に代わって口を開いたのは、涼の前の席に座る柴だった。

「そう、それ。その伝説、もっと知りたいな」

シェンが興味を持ったようで、身を乗り出す。

だがあいにく、このタイミングでチャイムが鳴り、ホームルームの終わりを告げた。


偶然にもシェンと涼の選択授業は同じで、すべての授業を一緒に受けることになった。

そこでわかったことは、シェンの一般常識は少々……いや、だいぶズレているということだった。

本人が話すところによると、シェンは学校に通うのがはじめてらしい。

それまでは家庭教師に教わっていたらしいのだが、シェンの授業スタイルは独特だった。

なにをしていても、やたらと体を鍛えたがる。

片手にダンベルを持ちながら教科書を読む、というのはまだいいほうで、空気椅子《いす》で授業を受けはじめたときは、さすがの涼も頭を抱《かか》えた。

ZZZ

「授業中ぐらいは、筋トレを忘れろよ」

と涼が言うと、シェンはニコニコして答えた。

「時間があるのに、もったいないよ」

そのあまりにも純粋な笑顔に、涼は筋トレ制止を諦《あきら》めざるを得なかった。

代わりに、自身の早弁で鍛えた「先生に見つからない死角」を伝授し、どうにか無事に授業を受けさせることに成功した。

いつも以上に気を遣《つか》った授業を終えて迎えた昼休み。

涼は校内の案内もかねて、友人たちと共にシェンを昼食に誘った。

弁当は持ってきていないというシェンのために、まずは購買へ向かう。

「シアンくん、はじめての学校の感想はどう？」

廊下を歩きながら、柴が尋ねると、シェンはニコリと微笑んだ。

「シェンでいいよ。そうだね、案外、品行方正な人が多いんだな、て印象かな」

「品行方正？」

「うん。授業中もみんな大人《おとな》しく座ってるし、変に絡《から》んでくる奴《やつ》もいない。思っていたより、ずっと平和だね」

「いや、むしろどんな学校を想像していたんだよ」

涼が呆れて言うと、シェンはあははと笑った。

人の溢《あふ》れた購買で惣菜《そうざい》パンを買い（ここでもシェンは、カードで払おうとして涼たちを慌てさせた）、教室に戻ろうと購買をあとにしようとしたとき、ふいにシェンが足を止めた。

「……やっぱり、完全なる品行方正というわけじゃないようだね」

「へ？」

涼が聞き返すが、シェンは答えずに教室に戻る道とは別の方向へ歩きだす。

「え？　シェン！　そっちじゃねーぞ！」

「あとから行くよ。ちょっと気になることができちゃったからね」

そう言うと、早くもシェンは人混みの中に姿を消してしまった。

「ったく！　そういうわけにはいかないだろっ」

涼は友人たちに先に教室に戻っていてくれと伝え、大急ぎでシェンの後を追いかけた。

昼休みで人の多い廊下を、シェンは縫うように歩いて行く。歩くスピードは決して遅くはないのに、誰にもぶつからない様子はまるで川の水が滞《とどこお》ることなく流れていくかのようだ。

涼は追いかけるのに苦労したが、校舎を出ると人混みが解消されたので、ダッシュで距

離を詰めることができた。

「おい、シェン！　どこに行くつもりだよ？」

校舎外の舗装路《ほそうろ》を進むシェンの前に回り込んで問い詰めるように言うと、シェンは「さあ？」と軽く首を傾げた。

「それはボクにもわからない。彼次第だから」

と言ってシェンが見遣《みや》った先には、ひとりの男子生徒の背中があった。

男子生徒は俯《うつむ》き加減に小走りでどこかへ急いでいる。

校舎の角を曲がるとき、その横顔が見えて、涼は「あ」と声を漏《も》らした。

二年生のときに一度だけ同じクラスになったことがある生徒だったからだ。

たしか名前は、草真《くさま》だったと思う。スポーツは得意ではない奴だ、というのが涼の唯一《ゆいいつ》覚えている印象だった。

「なに、あいつと知り合い？」

「ううん、全然さ。ただ、気になる顔をしていたから」

シェンは薄く目を細めた。その表情に涼は思わず息を呑《の》む。

にこやかに笑っているのは変わらないのに、まるで別人のように冷たい空気をまとっている。

言葉をなくす涼を残し、シェンは足音もなく歩いていく。そして草真が姿を消した角を曲がろうとしたとき、どんっと大きな音が聞こえた。

人が倒れるような音に、涼も慌てて曲がり角の先へ急いだ。

「シェン、どうし……！」

涼は尋ねかけ、眼前の光景に思わず口をつぐんだ。

「なんだぁ？　見せもんじゃねーよっ！」

すごんだ声で怒鳴《どな》るのは、校内でも問題児扱いされている集団のひとりだった。

問題児たちが学校のどこかにたむろしていると噂《うわさ》では聞いていたが、まさかここだったとは。涼は眉《まゆ》をひそめた。

怒鳴ったひとりをのぞき、座る問題児たちの前では草真が倒れて惣菜パンが散乱している。

さきほど聞こえた音は、草真が突き飛ばされ倒れたときのものだということは容易に想像できた。

おおかた、気の弱い草真に昼飯を買いに行かせておいて、「遅い」とでも言って暴力を振るったのだろう。

「こっちは仲良しこよし、してんの。邪魔しないでくれる～？」

集団のひとりがニヤニヤとしながら、しっしっと手を振って示す。

涼がムッと顔をしかめたとき、隣にいたシェンが動いた。

「大丈夫かな？　立てそう？」

シェンは問題児たちに囲まれて倒れたままの草真に近づくと、まるで人形でも持ち上げるように軽々と相手を引っ張り上げた。

「服が汚れてしまったね。せっかくいい生地《きじ》なのに、もったいない」

シェンが心の底から残念そうに言う。問題児たちの集団をまったく視界に入れていない振る舞いに、問題児たちの顔が苛立《いらだ》ちに歪《ゆが》む。

「あんだよ、邪魔だっつってんだろっ！」

問題児のひとりがシェンに勢いよく殴《なぐ》りかかった。

「おい、やめろ！」

涼は慌てて声をかけたが、それは完全に空振《からぶ》りだった。

ダンッ。

草真が倒されたときとは、桁違《けたちが》いに大きい音が響く。

「は？　え？」

涼は目を白黒させた。

シェンに殴りかかった相手が、いつの間にか地面に転がっていたのだ。

バスケで鍛えた動体視力をもってしても、シェンがどう動いたのかを捉《とら》えきれなかった。

ただわかるのは、シェンが相手をものすごい速さでひっくり返したということだけだ。しかも、左手には今日の昼ごはん用のコッペパンがのっているので、片手で相手を転がしたことになる。

地面に転がされ、目を回している仲間を見て、残りの問題児たちの目の色が変わった。

「やろうってのか、ああん!?」

「いきがってんじゃねぇぞ!!」

問題児たちが、いっせいにシェンへと襲いかかる。

威勢と体格のいい男子生徒たちが七人、荒々しい拳《こぶし》と蹴《け》りを同時に放った。

その場に響いたのは、ひとりがなぶられる音ではなく、次々と人が転がる音。

相手が多かったおかげで、今度は涼もシェンの動きを目で追うことができた。

おそらく拳法《けんぽう》の一種だと思われる動きで、シェンは相手を手際《てぎわ》よく転がしていき、気づいたときには痛みにうめく問題児たちを、にこやかに見下ろしていた。

「自分の食糧は自分のお金で買わないと。学校に通わせてもらうぐらい恵まれてるのに、そんなことも学んでいないようじゃ、お金がもったいない」

シェンは忠告とも嫌みともとれることを言うと、草真と涼に「さぁ、行こうか」と何事もなかったかのように笑いかけた。

そこにはもはや冷たさはなく、虫いっぴき殺さなさそうな柔らかい笑顔だった。


おどおどとお礼を言う草真と別れ、涼とシェンは教室に戻るための廊下を急いだ。

並んで歩きながら、涼は素朴な疑問をシェンにぶつける。

「なぁ、なんで草真がパシリに使われてるってわかったんだ？　単にパンをたくさん買ってただけかもしれないだろ？」

「そうだね。でも、ああいう顔をした人間をよく見てたからさ」

「『ああいう顔』？」

「暴力に慣れて無気力になって、怯《おび》えながら生きてる顔さ。わかる？」

にこりとシェンは笑って尋ねる。

涼の脳裏に、殴られて地面に転がった草真の顔が思い出された。胸がズキンと傷《いた》む。

「ああいう顔をしてる人がいると、放っておけない子がいてね。その子が悲しむようなことはしたくない。だから、ちょっと追いかけちゃったんだよ」

「……おまえって、すげーな」

「え？　なにが？」

シェンがきょとんとして涼に聞き返す。

「だって、あんなに混んでた購買で、草真の様子が変だって気づいたんだろ。しかも、それを放っておかないって、普通できねーよ」

同じ購買にいたのに、自分は草真がいることにも気づかず、いつもの景色の一部として見落としていた。たとえ、草真に気づいたとしても、シェンのように乗り込んでいく度胸も腕っぷしも、涼にはない。

「すげーよ、シェン」

涼が自分のふがいなさを嚙《か》みしめるように言うと、意外そうな顔をしていたシェンが、ふふっと口元を緩《ゆる》めた。

「そんなこと言われたのは、はじめてだな。でも、たいしたことじゃないと思うよ？　ボク自身が助けたというより、あの子が悲しまないようにしただけだ」

「だからって、あんな面倒そうな奴らに向かっていくかよ」

「だって、話をするより力を見せるほうが早いときもあるし。腕に自信があるタイプとは、勝負したくなるのが人間だろ？」

「いや、そんな人間はいないない」

「そうかなー？」

シェンは不思議そうに首を傾げた。その仕草はどこか常識ズレしているだけの、良家の青年にしか見えない。

変わった奴だな、と涼は改めて思う。

けれど、時折見せる含みのある笑顔も含め、どこか憎めない奴であることは間違いなかった。


三年生の夏で部活は引退した涼だが、スポーツ推薦をもらってからは、再び部活に参加していた。

おかげで放課後もみっちりバスケ漬《づ》けで、部活が終わる頃はすっかり日が暮れている。

後輩たちを先に帰し、体育館の鍵をかけた涼は、部室棟への通路を急いだ。

途中、裏庭の前を通るときだけ、つい歩くスピードを緩めてしまう。

というのも、裏庭に面した通路から見える場所に園芸部が担当している花壇があるのだ。他にも、裏庭の自生植物も園芸部が面倒を見ているらしく、つまるところそこは園芸部の活動ゾーンなのである。

有理も推薦組で部活に顔を出しているのを知っているので、もしも、有理がまだ部活をしていたら……と思うと、つい気になって注意深く見ながら歩いてしまう。

電灯の光が届かない裏庭の奥で、何かが動く気配を感じた。

思わず足を止めて見つめると、奥から姿を見せたのはシェンだった。手に本を持っている。暗くて読めなかっただろうに。

「シェン！　なにやってるんだ、こんな場所で」

「ここで待っていれば、運命の花嫁と出会えるはずなんだけど……」

心の底から不思議そうに言うシェンに、涼は呆れて肩を落とした。

「こんな人気《ひとけ》のないところ、出会いなんかあるわけないだろ。この時間までなにやってんだよ。……って、花嫁を探すっての、本気だったのか？」

「もちろん。そのために転校してきたんだよ、伝説の木がある学校に」

「え？　まさか七不思議伝説を真《ま》に受けてるのか!?」

七不思議伝説とはその名の通り、学校に伝わる不可思議な言い伝えのことだ。

その中のひとつが、『告白の伝説の木』である。

裏庭の林で告白すると、伝説の木が現れてふたりを祝福し、運命のカップルとなったふたりは末永《すえなが》く一緒にいられる、という伝説である。

「あんなメルヘン伝説を信じて転校してきたのか!?」

「まずは信じてみないと確かめられないし、何もはじまらないから」

そう言うと、シェンは手に持っていた本に視線を落とした。本はカバーがかかっているのでタイトルがわからないが、片手に収まるサイズだ。

筋トレマニアのシェンだが、読書が趣味なのだろうか。

不思議そうに見つめる涼から本を隠すように脇に挟むと、シェンは「そろそろ下校の時間だよね」と校舎のほうへ歩きだした。

部室棟も同じ方向にあるので、ふたりは自然と並んで歩くことになる。

「涼くんは『告白の伝説の木』を見たことある？」

「ねーよ」

「ああ、そういえば運命の相手もいないって言ってたもんね」

「たしかに俺は運命の相手も、彼女もいねーよ！」

ふて腐れる涼に、シェンは驚いたように首を振った。

「違う違う。『告白の伝説の木』があるなら、きっとみんな運命の相手を見つけやすいんじゃないかと思っただけだよ」

「どこまで信じてるんだよ……」

涼はやれやれと、息をはき出す。とはいえ、この伝説を信じ、木を求めて裏庭を探索する者は珍しくない。毎年春になると、入学したての新入生が、この伝説を信じて似たような反応をしている。涼本人がこの伝説をはじめて知ったのも、入学してすぐの頃、伝説の詳細について同級生が部活の先輩に尋ねていたからだ。

そして、苦笑する先輩にこう説明されていた。

「伝説なんて言ってるけどさ、結局あれって、告白しても絶対オッケーもらえそうな奴らが思い出づくりみたいな感じで、わざわざ裏庭で告白してるんだよ。だから一〇〇パーセントの成功率なんだ。おかげで『末永く一緒に……』とか話がでかくなってんの。裏庭は林の中だし、なんかそれっぽい木がいっぱいあるだろ。それで『木が突然あらわれた』みたいなこと言われて。伝説なんて、蓋《ふた》をあけてみれば、そんなもんなんだって」

かつて先輩に言われたことを、涼はそのままシェンに伝える。

真に受けて転校してきたシェンに事実を伝えるのは気の毒な気もしたが、ずっと隠しておくわけにもいかない。

春先なら裏庭をうろうろしても問題ないが、真冬の、しかも日暮れ後の寒さに耐えながら歩くような場所ではないからだ。

早めに気持ちを切り替えてくれるといいけど。涼がやや心配げにシェンを見遣ると、シェンは気に留《と》めたふうもなく、にこりと笑った。

「うん。そう言われているのも知ってるよ。でも、伝説が生まれたからには、きっと何かきっかけがあるはずなんだ。だから、ボクは花嫁と一緒に、伝説の木に祝福される運命を確認したいんだ」

まっすぐはっきりとした宣言に、涼はただただ呆れるだけだ。

そして、そこまで伝説を信じる人に会ったのははじめてだ、と帰り道を歩く頃になってぼんやりと思った。


翌朝、朝練を終えて上機嫌《じょうきげん》な涼が教室に入ってみると、教室はいつもと違った緊張感に満ちていた。

朝は常に自分の席で勉強しているはずの柴が、なぜか瀬見の席に移動しているのも珍しい光景だった。

「なんかあったのか？」

前戸口近くの瀬見の席に近づいて尋ねると、柴が「あれだよ」と眠たげな顔で、教室のうしろのほうにある自分たちの席を指さす。

言われるままに自分の席を見た涼は、目を丸くした。

見慣れた自分の席に、なぜか女子の人だかりができている。いや、よくよく見れば、自分の席ではなく、その隣の席……に座るシェンが女子たちに囲まれていた。

「シアンくん、授業でわからないところない？」

「なにか困ってることあったら言ってね、お手伝いするからっ」

「うんうん、なんでも言って！」

口々に話しかけてくる女子たちにシェンが「ありがとう」と返すと、黄色い悲鳴があがった。

「めちゃくちゃチヤホヤされてる！　なんだあれ!?」

「季節外《はず》れのイケメン転校生に浮かれる女子たちの図だよ。そして、遠巻きに男子が嫉妬《しっと》するという図も展開されている」

目を丸くする涼に柴が冷静に解説する。その解説通り、教室の前側に男子たちが集まって、嫉妬のオーラを燃やしていた。どうやらこれこそが、教室がピリピリしていた理由らしい。

「女子も昨日は様子見してたのかもな。シェンが登校してきてから、ずっとこんな調子でさ。おかげで俺は瀬見の席に緊急避難だよ」

肩を落とす柴に、涼は「ご愁傷《しゅうしょう》さま」と苦笑した。

「いや、涼だって他人ごとじゃないじゃん？　自分の席、取られちゃって」

瀬見の言葉に、涼は「別に」と首を振った。

「席ぐらい、貸してやるさ。どうせチャイムが鳴るまでだろ」

「涼ち〜ん！　相変わらず心が広いな〜。俺だったら、『俺の席で騒ぐなら、俺も仲間に入れろ！』とか言っちゃうよ!?」

瀬見が感心して言うと、柴が「違うな」とニヤリと笑う。

「涼、今朝《けさ》なにかいいことあっただろ？」

柴の指摘に、涼はドキッと肩を揺らした。

「え、そうなの!?　なになになに？」

瀬見が興味津々で身を乗り出す。

「やけに顔がにやけてる。……朝練でいいことあったな？」

柴の的確な観察と推理に、涼はたじろぎ、誤魔化《ごまか》すように汗をタオルでふいた。だが、瀬見が激しくつんつんと小突いてくるので、すぐに白旗をあげた。

「……朝練前に、大木と会って」

「おおっ！　で、で!?　クリスマスの予定を聞いたのか!?　やったな！」

「瀬見、期待しすぎ。そんな甲斐性《かいしょう》が涼にあったら、涼は三年近くこじらせてない」

「そっか……。涼ちん、どんまい！　諦めるなっ」

「違うって！　……ただ、大木が園芸部の荷物重そうに運んでて、それを手伝っただけ。そんで、放課後に力仕事あるっていうから手伝うって約束したんだ」

「それだけ？」

「うん」

瀬見の問いに、涼は満足げに頷《うなず》いた。

「…………それだけで上機嫌って」

「それ以上言うな、瀬見。涼はそういう奴だ」

ひそひそと話し合う瀬見と柴に、涼は口を尖らせる。しかし、それも長くは続かない。有理とのやりとりを思い出し、自然と口元がにやけてしまうからだ。

汗をふくようにして口元を隠したとき、またも黄色い悲鳴があがった。

何気なくシェンのほうを見た涼たちは、思わず固まった。

シェンが女子生徒の顎《あご》に手をかけて、上を向かせている。

顔を真っ赤にして硬直する女子生徒をシェンが間近にのぞき込む姿は、キス寸前に見えた。

「な、なにやってんだお前――!?」

教室の対角線上にいた涼が赤面しつつ叫ぶ。

「ああ、涼くん。おはよう」

「おはようじゃねーって! な、なにやってんだ!?」

「ん? なにって……ああ、これ?」

涼の慌てぶりと反比例して、シェンはいたって落ち着いて答える。

「目にまつげが入って痛いって言うから、見てあげたんだけど、問題が?」

「はぁ!? 問題っつーか、だって、まつげって……」

涼はあわあわと両手を無意味に動かし、やがて誤解ならば仕方ないことを悟《さと》って肩を落とす。その様子を見て、シェンは女子生徒の顎から手を放すと、ふむと考えるように自分の顎に拳をあてた。

「資料によれば、『目が痛い』という異性をこうやって気遣うシーンがあったんだけどな」

どんな資料を読んだんだ。涼はクラスメイトたちの心がひとつになったのを感じた。

「顎クイ、生で見ちゃった……！」

「イケメンの顎クイ、エグい……！」

「やば、眼福《がんぷく》……！」

黄色い悲鳴をあげて固まっていた女子生徒たちが、衝撃《しょうげき》から自我を取り戻してざわめきはじめる。

顎クイをされていまだ呆然《ぼうぜん》としている女子生徒にシェンは声をかけた。

「ごめんね。目、もう大丈夫？」

「ひぇ！　は、はい、大丈夫……です。ありがとう……」

「どういたしまして」

にこりと笑うシェンに、女子生徒はしどろもどろに言葉を続けた。

「で、でも、シアンくん、ああいうのはしないほうがいいと思う……よ？　誤解して、告白したくなる子いるかもだし……」

女子生徒の言葉に、他の女子たちも同意するように頷く。

「え？　ボクはいつでも告白オッケーだよ！　もちろん、裏庭の林でお願いしたいなぁ」

シェンがにこやかに言うと、女子生徒は慌てて首を振った。

「でも協定があるから」

「協定？」

シェンが尋ねると、女子生徒たちは互いに顔を見合わせ、アイコンタクトで合意すると、丁寧に説明をはじめた。

協定の正式名称は「受験前協定」。

内容はいたってシンプルで、「受験前の大事な時期に恋の駆け引きに心を騒がせたくないので、シェンに対しては誰も告白しない」というものだという。

「え？」

説明を受けたシェンが固まった。

「告白してもらえないの？　いっさい、全然？」

「うん」

女子生徒たちが声を揃《そろ》えた。

「とりあえず学年共通認識だから」

ダメ押しのように女子生徒が付け加えて、シェンはますます呆然とする。

そのとき、ちょうど予鈴が鳴った。

女子生徒たちはスタスタと自分の席へと戻って行ったが、遠巻きにしていた男子生徒たちがさりげなく近づいてきては、シェンの肩をぽんぽんと温かく叩《たた》いていく。

「仲良くしよーぜ！」

「がんば」

「いいことあるって！」

口々に励《はげ》ましを伝えてくる男子生徒たちに、シェンは苦笑を返す。

涼も自分の席に座りながら、シェンに励ましの言葉をかけるべきだろうかと思い至り、さりげなくシェンの横顔をうかがった。

しかし、予想に反して隣の席の転校生は落ち着いてなにかを考えている表情だった。

「なるほど。シナリオ通りじゃないことも起こるんだ。それとも配役が違う……？」

「シェン？」

謎《なぞ》の呟《つぶや》きが気になり、思わず声をかけた涼にシェンが振り向く。

「まいったよ、花嫁捜《さが》しがこれじゃできない」

困り顔で笑うシェンに、涼のほうが首を傾げる。しかしそれを追及することは、教師が教室に入ってきたことでできなかった。

その日の昼休み。今日はお弁当を持ってきたとシェンが言うので、涼、瀬見、柴、シェンの四人は弁当を持って教室を出た。

シェンと食事をしたいという女子生徒もいたが、シェンはさらりとすべてを断った。

それを見た瀬見が「シェンの心の傷を癒《い》やせるのは、男友達しかいねぇ！」と意気込み、自分のとっておきの場所で食べようと提案をしたのだ。

瀬見が案内してくれたのは、中庭の一角にある芝生《しばふ》だった。

校舎と校舎に挟まれるような狭い場所だが、意外なことに日当たりがよく、外であってもさほど寒さを感じない。しかも他に人影もなく、傷心を癒やすには最適の場所と言えた。

「こんな場所、知らなかったな」

車座になりながら、涼が言った。

「まあね〜。俺のとっておき！　めったなことじゃ、教えてあげないんだからね！」

「なんで上から目線なんだよ」

柴が呆れたように言い、そっとシェンに視線を向けた。

「あー……災難だったな、シェン。えっと……その、女子たちも悪気はないと思うんだ。ただ、時期が時期だから……」

　言葉を選びつつ話す柴に、シェンは笑《え》みを浮かべた。

「うん、ありがと。まさかこんなことになるとは思わなかったけど……次のプランを考えてみるよ」

「そうだそうだ！　次いこうぜ、次！　前向き大事！　なんなら、そのプランを考えるのも手伝うし！」

　瀬見が明るく励ますので、涼も口にごはんをほおばりながら、うんうんと頷いた。

「そう？　じゃあ、手伝ってもらおうかな」

「お、さっそく？　なになに？」

　瀬見が身を乗り出し、柴と涼もならう。三人の顔を順に見回し、シェンは言った。

「今日、告白の予定はない？」

「はい？？」

　三人が裏返った声で聞き返す。

「条件としては、必ずオッケーがもらえる相手がいいのかな。難しいなら告白するだけでもいいんだ。もちろん場所は裏庭を指定してほしくて。あ、告白するんじゃなくて、逆に

告白してもらうのでもいいんだけど……」

「待て待て待て待て！」

指折り条件をあげていくシェンに、涼が待ったをかける。

「なんでおまえの花嫁を探すプランが、俺たちの告白話に変わってるんだ？」

「どうやらボクは告白されることはなさそうだから、ひとまず誰かの告白で、伝説の木が現れるかどうか確認したいんだよ」

「目的変わってるじゃないか！　そもそも、おまえに頼まれたからって、すぐ告白しに行くわけないだろ！」

涼の反論に瀬見が力強く何度も頷く。一方の柴は、笑いを堪《こら》えて肩が小刻《こきざ》みに揺れていた。

シェンはきょとんとした顔でいたが、「ああ」と手を打った。

「そうか。涼くんは、いま好きな人がいないんだね？」

「えっ!?」

「好きな人がいないのに告白しろと言われたら戸惑《とまど》うのは当然だ。無理を言ってごめん」

シェンがぺこりと頭をさげる。しかし、顔をあげると今度は首を傾げた。

「涼くん、顔が赤いよ？」

「な、なんでもねーって！」

つい声が大きくなった涼を、柴が「まぁまぁ」となだめる。

「いやいや、ここは涼に腹をくってもらうべきだろう。いまこの中で、一番告白する可能性が高いんだから」

余計なことを言うな、と涼は柴を睨《にら》んだ。しかし、あまり効果はなかったようで、柴は涼しげな顔で弁当の玉子焼きを口に運んでいる。

涼がむぅと顔をしかめていると、なにやら熱い視線の気配を感じた。シェンが期待をこめたまなざしを涼に向けていたのだ。

「好きな人がいるんだね。だったら、お願いできる？」

「できるわけないだろ！　んな、告白なんて急に、そんな……」

ごにょごにょと言葉を濁す涼の顔を、シェンがずいっとのぞき込む。

「な、なんだよ……」

涼は思わずたじろいだ。距離が近いのもあるが、てっきり好奇心とひやかしからの発言だろうと思っていたのに、間近に見たシェンの瞳にそんなものの影はなく、まっすぐ心の奥まで見通すような強さがあった。

「声が届く距離に好きな人がいるのは、とても幸せなことだよ」

強い瞳とは裏腹な優しい声のトーンに、涼は息を呑む。

「その幸せを守るための行動を選ぶべきだ」

同級生が「幸せ」について語りだしたら、「なにを言いだしたんだ」といつもならば笑いとばしたことだろう。

けれどシェンの声を聞いたら、そんな気は起こらない。真意が笑顔に隠される転校生の、それははじめて見せた素《す》の声に思えた。

とは言っても、涼にも事情がある。

「……だから告白しろって？　勢いだけで、どうにかなるもんじゃないだろ」

想いが一方的に先走ったせいで、有理との関係がくずれるかもしれない。届くかどうかわからないなら、慎重になるのは当然だ。

「告白だけが手段じゃない」

そう言うと、瞳を隠すようにシェンは目を細めて微笑み、のぞき込むようにしていた体を起こした。

「ただ、君の願う幸せがその先にあるなら、手遅れになる前に行動すべきだ」

静かながらはっきりと言いきる声に呑まれて、涼も、さらには黙って事の次第を見守っていた柴と瀬見も身動きがとれない。

「だけど、真実の想いに無理強《むりじ》いはよくないね。他の方法を考えるよ」

シェンはそう言うと、この話は終わりだというように、自分の弁当の包みを開いた。

現れた曲げわっぱの弁当箱の蓋を開けると、彩《いろど》り豊かなおかずが顔を見せる。

「精彩《すばらしい》！　ボクが好きなものばかりだ！」

シェンは意味不明なことを言い、ものすごい勢いで箸《はし》を弁当と口の間で往復させる。

そのあまりのスピードに、黙っていた瀬見と柴がプッと吹き出した。

「シェン、見た目によらず食べ方が雑だな」

「ほんとそれな！　もう少しゆっくり食べろよ。喉《のど》につまらせちゃうよ」

「ああ、それなら大丈夫」

心配する瀬見に、シェンは弁当箱とは別に持ってきたスープジャーを見せる。

「汁物も用意してもらったから」

「すげーっ！　シェンのお母さん、気合い入ってるな！」

瀬見が感心して言うと、シェンは軽く首を振った。

「作ったのはお母さんじゃない。こっちの学校では弁当の文化があるって調べたみたいで、ぜひ挑戦させてほしいって言って用意してくれたんだ」

「へー。優しいじゃん。……で、誰が？　お父さんか？」

瀬見が尋ねるが、シェンは笑みを浮かべるだけで答えず、箸を高速往復させていく。常に笑顔を絶やさないシェンだが、弁当を食べる様子は実に嬉《うれ》しそうで、おいしそうだった。

「なんかすげーうまそう……」

涼がつい心の声を漏らすと、シェンは自分が褒《ほ》められたかのように顔を輝かせた。

「うん、とってもおいしいよ！　味つけが抜群なんだ。ボクのために作ってくれたというのが嬉しいよね！　ごちそうさま」

箸を置き、シェンが合掌《がっしょう》する。ランチョンマットの上に置かれた弁当箱はすっかり空になっていた。スープジャーの中身もいつの間にかなくなっている。

「はやっ！　早すぎだろ!?」

思わず突っ込む瀬見に、シェンは苦笑《にがわら》いを浮かべる。

「昔からのクセなんだ。食事は取れるときに、盗《と》られる前にすませる。身に染《し》みついたものは、もう治らないよね」

兄弟が多くて、料理を取り合うような食卓なのかな。涼はちらりと想像した。だったら母親じゃなく、兄弟が弁当を作ってくれたのかもしれない。

そんなことを思いつつ、涼も箸を置く。腹が減っていたので、こちらもシェンに劣らずのスピードで完食していた。

「ふたりとも早すぎ」

瀬見と柴が同時に言う。そんな彼らも、手先が不器用なシェンが弁当箱を包み直すのに悪戦苦闘している間に弁当を食べ終えた。

食後のお茶を飲んでいた瀬見が、ふと思い出したように言った。

「そういえば、隣のクラスの奴が裏庭で告白したらしいよ」

「それ、詳しく聞きたいな」

シェンが包めずにいた弁当箱をひとまず傍《かたわ》らに置き、尋ねる。

「詳しくって言われても、そんなに知ってるわけじゃないけど。ただ、もちろん告白は成功して、ふたりはラッブラブで付き合ってるらしいよ」

「俺が知ってる奴も、裏庭で告白した途端、完全にふたりの世界になってたよ」

苦いものを飲み込むように言った柴がため息をつく。

「告白したって話、聞く機会は多くないけど、たいていがマジで伝説の木が祝福してるんじゃないかってぐらい、ラブラブモードって言うよな……！」

柴とは違い、瀬見は羨《うらや》ましげにため息をついた。

「彼らは伝説の木を見たとは、言ってないのかい？」

シェンの質問に瀬見は首を振ったが、柴は記憶を辿《たど》るようにメガネのつるに触れ、言った。

「たしか……見たって言ってたな」

「本当かい!?」

「本当かよ!?」

驚いたシェンと涼の声が重なる。

「涼くんもそんなに驚くこと?」

シェンに尋ねられ、涼は素直に頷く。

「俺の友達に裏庭で告白した奴いなかったし……。それこそ『木を見た』なんて話、聞いたことなかったから。ほんとにあったんだな」

涼が感心したように言い、柴を見る。しかし柴は、再度ため息をついていた。

「どこまで本当か、わからないけどな」

柴の知る裏庭で告白を成功させた友人とは、二年生のときに仲のよかった男友達らしい。その彼が、晴れて告白相手と付き合うことになったあと、語ったのだそうだ。

『告白したとき、伝説の木が現れた』

しかし、それがどんな木だったかまでは話してくれなかったという。

「えー!?　そこは聞くとこでしょ！　どんな木だったのかって！　めっちゃ気になるじゃん！」

瀬見が口を尖らせて言うと、柴はメガネを外し、目頭《めがしら》を揉《も》んだ。

「……そりゃ、俺だって聞きたかったけどさ。会話が成立しないんだから、聞けないよ」

「へ？　どゆこと？」

「彼女と付き合いだしたら、急に友達づきあい悪くなってさ。俺が話しかけても、生返事ばっかりなんだ。でも、他の奴らが話しかけてもまったく笑わないのに、付き合いだした彼女とは笑顔で話すんだよ。なんかそれ見ちゃうと、話す気も失《う》せるっていうか、聞いても話さないだろうなって思って、そいつとはいつの間にか疎遠《そえん》になった」

柴の声はどこか投げやりなところがあり、彼自身があまりいい思い出にしていないことが察せられた。

「その男友達くんは、いまも学校にいる？」

「いや……たしか転校したって聞いたかな。彼女が転校して、追うようにしてさ」

柴の返答に、シェンは「そうなんだ」と残念そうに少し眉をさげたが、すぐに弁当箱を手にぴょんと立ち上がった。

「たしか、隣のクラスに告白に成功した人がいたって言ってたね。名前はわかる？」

「え？　あ、うん。えっとたしか……」

瀬見が生徒の名前を告げると、シェンは「ありがとう」と言うと軽《かろ》やかに駆けだした。

「シェン？」

「少し話を聞いてくる。また授業でね」

そう告げたシェンの姿が、校舎の陰《かげ》に見えなくなるまで時間はかからなかった。

次にシェンと会ったのは、午後の授業でのことだ。

この日の涼の五時間目の授業は校庭で男子のみの体育で、選択式授業なので他クラスと合同で行われる。

授業開始ギリギリの時間に姿を見せたシェンに、涼はぎょっとした。

「お、おまえ、マジか……!?」

「え、なにが？」

シェンが不思議そうに首を傾げる。

涼は目をこすり、目の前の人物の姿をじっくりと観察した。

注目すべきは、白い体操着の半袖《はんそで》から垣間見《かいまみ》える腕。

目を疑うような引き締まった筋肉が、そこにはあった。

「筋肉エグすぎっ!!」

「エグすぎ!?」

賞賛と敬服をこめたつもりの涼の発言だったが、シェンはショックを受けたように固まった。

そしてブツブツと「なるほど……アンディさんが言ってたのはこういうことか……」と
ひとり納得するように呟き、手に持っていたジャージの上着に袖を通す。

ジャージを着て筋肉を隠せば、ごく普通の背の高い男子高校生の外見ができあがる。

あっという間に見えなくなった至高の筋肉に、涼は心から嘆《なげ》きの声を漏らす。

「あー……隠しちゃうなんて、もったいなすぎだろ」

「エグいって言っておいて、説得力皆無だからね？」

シェンが戸惑いと呆れの中間点に眉尻《まゆじり》をさげた。

「だってさー、どんだけ筋トレすればあの筋肉になるんだよ。怖すぎ……」

「さっきから褒められてるのか、けなされてるのか、わからないんだけど？」

「褒め言葉だって」

「そうなの？　じゃあ、ありがとう」

「どういたしまして……？」

変な会話だな、と思うが、残念ながらいつも適切なツッコミを入れてくれる友人の柴と

瀬見は、この授業をとっていないので不在だ。

体育はサッカーだった。

全部で四チームが作られ、プレイするチーム以外はコートの外に座り、出番を待つ。

三年生に進級したときは、「高校三年生にもなって体育は必要なのか。むしろ、その時間を勉強にあてたい」と思う生徒が多いが、学年が終わるこの時期になると、みなの意識も変わってくる。

三年生の体育はストレス発散と気分転換の場として活用すべきだ、という考えにシフトしていくのだ。

なのでコート内の生徒たちは日々の鬱憤《うっぷん》を晴らすように走り、一方のコート外の生徒たちはのんびりと自由な時間を満喫した。

いつもであれば、コート外の生徒たちは試合に注目したりはしない。けれど、今日の試合は違った。

バシィィィイッ！

いまもゴールネットを破らんばかりの強烈なシュートが決まり、校庭は歓声につつまれた。

ボールを蹴ったのはシェンだ。

サッカーをするのがはじめてだと言うシェンは、当然のことながらチームプレイが苦手だった。そこで、自分に回ってきたボールをことごとくゴールに向けて蹴り放つ作戦に出たのだ。シェンの放つボールは、レーザービームのごとき凄《すさ》まじいスピードで飛ぶので、たとえゴールから大きく外れても、コートの内も外も興奮にわいた。

「あの筋肉だもんな……シュートすげぇのも当たり前か……」

シェンとは別チームになり、コート外に座っていた涼が誰に言うでもなく呟く。

結局どうやって鍛えたかは教えてはくれなかったが、あの腕を見ればかなりの筋トレをしているのは明らかだ。

昨日《きのう》、草真をパシリに使っていた奴らをあっさりと倒すことができたのも、納得がいった。

「熱海くん」

突然名前を呼ばれ、なんだろうと呼ばれたほうを見ると、そこにはちょうど思い出していた草真が立っていた。いままで気にしたことはなかったが、どうやら同じ選択授業だったようだ。

草真は遠慮がちに涼の隣にしゃがんだ。

「あの……シアンくんのことだけど」

草真はそこで言葉を途切れさせると、視線を落とす。

なんだろうと涼が黙って見つめていると。やがて草真が顔をあげた。

「伝説の木を見たいって……本当？」

「ん？　ああ、らしいな。やけにこだわってるみたいだけど……。なんで？」

「っ……昼休み、その……シアンくんが人に聞いているの、見かけたから……」

草真の視線がそわそわと彷徨《さまよ》う。涼の脳裏に昨日のシェンの言葉が思い出された。

『暴力に慣れて無気力になって、怯えながら生きてる顔さ。わかる？』

わかる気がした。

草真の目には見るからに元気がない。自分の意思を感情の奥底に沈めているような感じがする。それに注意深く見れば、小さな傷があちこちにあるようだった。

「草真、あのさ……」

涼が声をかけようとしたとき、大きな歓声が起こった。

コートを見れば、シェンがまたもやロングシュートを決めていた。

「わけわかんねぇ、すごさだよな」

涼は隣の草真に言ったつもりだったが、返事はなかった。

いぶかしく思って隣を見ると、いつの間にか草真は姿を消していた。

放課後、掃除当番を終わらせた涼は体操着に再び着替えた。

有理の園芸部の手伝いをするためである。土を扱うので、汚れてもいい服装で来てほしいと言われていたのだ。

「今日も部活かい？」

隣の席のシェンが帰《かえ》り支度《じたく》の手を止めて尋ねた。

「いや、休みだ。今日は園芸部の手伝いをするんだ」

「園芸部の？」

「好きな子に頼まれたんだってさ」

帰ろうとしていた柴が、口のそばに手をあててシェンにこっそり言う。しかし、距離が近いのでもちろん涼にも丸聞こえだ。

文句を言おうとした涼より先に、柴が口を開いた。

「いつまでも隠して、その気持ちをなかったことにするのか？」

「！」

涼は言いかけた言葉を呑み込み、柴を見つめる。涼を見つめる友人の表情は、真剣に心配しているものだった。

「おまえはいい奴だよ。相手のこともよく考えて、気遣いもできる。でも俺はシェンが昼間言ったこと、正しいと思うよ。声が届くところに相手がいるのは、幸せだってやつ」

柴の言葉に、シェンがうんうんと頷く。

「卒業まで残り時間少ないんだ、チャンスは大事にな」

そう言うと、柴はいつものようにニヤリと笑い、手をひらひらと振って教室を出て行く。

その姿が見えなくなるまで見つめていた涼は、ふぅと息をはいた。

「……柴って、いつもからかってくるけど、大事なときはちゃんと本当のこと言うんだよな」

「いい友達だね」

「ああ。三年になってから仲良くなって……ん、あれ？」

涼は首を傾げた。

「どうしたんだい？」

「たしか、いつもつるんでた奴が柴と仲良くなって、それで俺も話すように……変だな、誰が最初に柴と仲良くなったんだっけ……？」

「……瀬見くんだろう？」

「いや、瀬見と仲良くなったのは、柴のあとで……」

涼は必死に思い出そうと記憶を辿る。

どこかで何かを見落としている気がする。ピースが足りないのだ。[redacted]というピースが……。

「瀬見くんだと思うよ」

シェンの静かな声が涼の耳に届く。

瞬間、涼の思考がすっきりした。

どうしても思い出せないと思っていた柴と出会ったときの光景が、ありありと脳裏に浮かんだのだ。

柴を紹介してくれたのは瀬見だ。

「そうだった。瀬見と仲良くなってから柴と出会ったんだ」

謎が解け、晴れ晴れとした表情で言う涼に、シェンはにこりと笑った。

「思い出せてよかった。それより、好きな子を手伝うなら、早く行ったほうがいいんじゃないかな？　一緒にいる時間は長いほうがいい」

「……おまえが言うと、嘘《うそ》くさい」

「えっ、なんで？」

シェンは心外だと言わんばかりに、両眉をあげた。

「ボクほど『好き』という感情に敏感な人間はいないよ」

「ますますうさんくさい」

「なぜだろう、わからないな……」

シェンは腕を組み、真顔のまま顎に手をあてた。

どうやら本気で言っているようなので、涼はやれやれと肩を落とす。

「じゃあ、自称『好きに詳しい』さんに言うけどさ。伝説の木が見たいなら、自分から誰かに告白したらいいじゃないか。誰か好きな人を作ってさ」

「それは盲点だったな。なるほどねぇ……」

シェンがまたも真顔でうんうんと納得するように頷く。

「シナリオ通りにこだわる必要はないか……」

「シナリオ？」

「いや、こっちの話だよ。でも、ボクからの告白は難しいと思うんだ」

「なんで？」

「人を『好き』になるのはいつだって、自分じゃコントロールできないものだから」

シェンは目を細め、微笑んだ。笑顔なのに、なぜか心臓を掴《つか》まれる迫力を覚える。

涼がごくりと生唾《なまつば》を飲み込んだとき、

「シェ～ン、会いたいって奴が来ている」

やって来た瀬見が、戸口を指さした。そこには草真が立っていた。

シェンは「昨日の……」と軽く目を丸くし、戸口へと歩いて行く。

それをつい涼は目で追ってしまったが、

「涼ちん、約束の時間は？」

瀬見の言葉にはっとして、慌ててシェンがいる戸口とは別の戸から教室を飛び出した。


園芸部の手伝いは、照明器具の運び出しと飾り付け作業であった。

今年から、クリスマスシーズンは裏庭の塀《へい》沿いの木々にイルミネーションを飾ることにしたのだそうだ。

手分けして各エリアにイルミネーションを飾り付けするため、園芸部員はふたりペアが組まれた。涼の相手はもちろん、有理だ。

両手で抱えるほど大きな箱に詰められた大量のイルミネーションは、大変な重さだったが、涼にとっては「有理とのペア」という対価としては、むしろ安いぐらいだ。

「すごいね、熱海くん。その箱、部員は誰もひとりじゃ持てなかったのに」

目的のエリアに向かう途中、隣を歩く有理が心から感心しているように言った。

筋トレしていて、よかった！　涼は心の中でガッツポーズをとりつつ、できるだけ平常心を装《よそお》った声で答える。

「これぐらいどうってことないって。むしろ、こんな本格的なイルミネーションを飾るなんてやったことなかったから、楽しみだよ」

運んでいる大量のイルミネーションは、ご近所から寄付されたものらしい。

毎年、クリスマスになると自宅をデコレーションしてライトアップしているお家《うち》が「新しいものに買い換えるから」ということで、古いものを園芸部に寄付してくれたのだそうだ。

「裏庭に面した道路って、裏庭の木が鬱蒼《うっそう》としているせいか、ちょっと暗い雰囲気があるから怖いっていう意見が前からあって。だからクリスマスシーズンだけライトアップしようって話になったの。木に負担かけちゃうから、下校の時間だけになるんだけど」

「木に負担？」

「ＬＥＤライトだから熱くはないけど、ライトアップしてあまり明るいと木が眠れなくなっちゃうから」

「木って眠るの!?　どうやって!?」

ぎょっとして涼が聞き返すと、有理はあわあわと慌てた様子で説明した。

「眠るってのはたとえみたいなものだよ!?　植物も夜は休息するって意味で、休息しないと植物も元気がなくなっちゃうの。ごめんなさいっ、わかりにくい話だったよねっ」

「いやっ、俺のほうこそ全然知らなくて、ごめんっ！」

「ううん！　わたしのほうこそ、説明不足でごめんなさいっ！」

「いやいやっ」

「ううん！」

「いやいやっ」

「ううん！」

互いに同じ言葉を繰《く》り返《かえ》していたふたりの目が合う。

やがて、ふたりはこみあげる可笑《おか》しさに耐えられず、ぷっと吹き出した。

くすくすと楽しげに笑う有理の顔を見ていると、涼の胸の奥が温かくなる。

有理をはじめて見たのは、一年の夏だった。

入学当初から、一年ながらレギュラー入りは確実だと噂されていたのに、夏のインターハイ予選ではレギュラーどころか、応援席で喉をからして終わってしまった。

その悔しさとやるせなさ、そして伸び悩む自分の実力に落ち込んでいたとき、体育館に向かう途中で、はじめて裏庭の花壇に気づいた。

ひとりの女子生徒が花壇の手入れをしていた。

そのときは「ああ、園芸部ってこんなところで活動してるのか」ぐらいの認識だった。

さらに正直なことを言えば「全然ダメじゃん」とも思った。手入れをしているわりに、花壇の花たちがしおれていたからだ。どの花も強い力で押しつけられたようにぐったりとし、花びらも落ちている。女子生徒は花たちをひとつひとつ確認し、弱った葉を取り除いたり、落ちた花びらを拾ったり、と熱心な様子だが、すべては手遅れに思えた。

それからしばらくして、朝練前に何気なく花壇を見遣った涼は、目を疑った。

花壇に花が咲いていたのだ。

しかも以前はぐったりしていた花たちが、背筋を伸ばすようにぴんと空に向かって立っている。

「すげ……」

カラフルな色が並ぶ花壇に涼は思わず見とれた。

「ようやく元気を取り戻したんですよ」

突然、声をかけられて振り向くと、そこには以前見かけた女子生徒が立っていた。手にはじょうろを持っているので、花に水をやるつもりなのだろう。

涼が慌てて花壇の前をどこうとすると、有理はそれを押しとどめた。

「ゆっくり見て行ってください。そのほうが花たちも喜ぶと思うので」

「花が喜ぶ？？？？」

涼が聞き返すと、有理は恥じらうように顔を赤らめた。

「あっ、いえ、その、わたしの思い込みかもですけど！　やっぱり花もたくさんの人に見てもらうほうが嬉しいんじゃないかなってっ。……あと、またキレイな花が花壇を飾ってて、わたしも嬉しいので」

照れつつも嬉しそうに笑い、有理は花壇の端のほうから水をまきはじめる。

聞けば、花たちがしおれていたのはゲリラ豪雨にやられたせいだったらしい。

そこで、折れてしまった茎に支柱をそえたり、水はけがよくなるよう工夫をするなどして、ようやく花たちに元気を取り戻させたのだそうだ。

「あんなにしおれてたのに、また元気になれるんだな……」

涼は花たちを見つめながら、ぽつりと呟く。

空に向かって咲く花たちが眩《まぶ》しく見えた。

胸の奥に熱いものが湧《わ》いてくる。自分もまだ工夫できることはあるはずだ、と力が漲《みなぎ》ってくる気がした。

「なんか、元気もらった気がする」

涼はそう言って、はじめて女子生徒の顔を見た。

「よかった……！　花にとって一番の褒め言葉です」

じょうろを手に嬉しそうに微笑む女子生徒——大木有理の顔が涼の胸に焼きついたのは、そのときだ。

以来、涼は有理と会話を交《か》わすようになったが、一年、二年共にクラスは違い、三年生になってようやく同じクラスにはなっても、受験前ということで親交を深めることができずにいた。

柴の言う通り、卒業まで時間がない。このままでは、「卒業と同時にさようなら」コース確定である。

一歩前にすすめたい。それこそ、瀬見が言ってたようにクリスマスの予定を聞くとか……。

しかし、三年もの想いのこじらせは根が深く、勇気を出せずにいる間にイルミネーションの飾り付けは終わってしまった。

「今日は手伝ってくれて本当にありがとう！」

空になった箱を抱える有理が、涼に深々と頭を下げる。

「いや、全然！　たいしたことしてないし……」

涼は慌てて首を振る。「有理を誘う」というビッグイベントに比べれば、お手伝いなどは全然たいしたことない仕事である。

いまこそ、誘うチャンスだ。誘え、誘えっ！

涼の中で声がこだまする。けれど心の叫びと反比例して、涼の口は充電の切れたスマホのように沈黙してしまっていた。

有理は夕闇《ゆうやみ》が迫る空を見あげる。

「いつの間にか、暗くなってきたね」

「急いで戻ったほうがよさそうだな」

ようやく涼の口から出た言葉も、別れの時間を自《みずか》ら早めてしまう始末だ。

ふたりは足早に薄暗くなっている林を並んで歩いた。

「そういえば……シアンくんって、漫画が好きなの？」

「へ!?」

思いがけない名前が有理の口から出て、涼はなにもないところで盛大につんのめりそうになるが、持ち前の運動神経でどうにか倒れずに持ち直した。

「大丈夫!?」

「あ、ああ、全然! ちょっとつまずきかけただけで……」

心配する有理に、どうにか笑顔で応《こた》えるが、心臓は早鐘《はやがね》を打っている。

もしかして、有理もシェンが気になっているのだろうか。

「えっと……シェンがどうかした?」

内心の動揺を隠し、涼は恐る恐る尋ねた。

「うん、シアンくんの自己紹介が、わたしの好きな漫画と同じだったから、もしかして好きなのかなって思ったの」

「へ? 漫画と同じ?」

涼が聞き返すと、有理は発見したときの興奮がぶり返したようで、頬《ほお》を上気させて語りはじめた。

「そう! すっごく特徴的な自己紹介だったでしょ? でも、どこかで聞いたことあるなぁと思って、家に帰って漫画を読み直してみたら、そっくりなセリフを言っているキャラクターを見つけたの! シアンくんもあの漫画好きなんだぁと思ったら、うれしくなっちやって、ぜひ漫画について語り合いたいんだけど、いきなり本人に聞くのも恥ずかしくて……。シアンくん、漫画についてなにか話してた!?」

「いや、漫画のことは初耳……」

言いながら涼の脳裏に蘇《よみがえ》ったのは、シェンの奇妙な発言。

『資料によれば、「目が痛い」という異性をこうやって気遣うシーンがあったんだけどな』

『シナリオ通りじゃないことも起こるんだ』

聞いたときは意味がわからないと思ったが、もしかしたら参考資料として、有理のいう漫画を使っているのかもしれない。言われてみれば、あの現実離れした自己紹介は、漫画っぽいところがある。

さらに思い返せば、昨日の放課後、裏庭で会ったシェンは本らしきものを持っていた。もしかして、あれが？　と思い至った涼は、くくっ……と小さく笑い声を漏らした。

「どうしたの？」

「いや、シェンの奴が、漫画を参考に学校になじもうとしていたなら、かわいいとこあるなって思ったんだ。あいつ、学校に通うのがはじめてらしいから、はりきっていろんなもの参考にしたのかも」

「そうなの!?　はじめて学校に通うのに、あの漫画を参考に選ぶとは、シアンくんはとってもいいセンスの持ち主ね！」

「大木さん、その漫画がすごく好きなんだね」

「うん！　漫画は好きなものが多いけど、特にあれは別格で……」

にこにこと楽しげに語る有理の声を、大きな怒声《どせい》が遮《さえぎ》った。

「なめてんのか、このヤローッ!!」

突然のことに、涼と有理はぎょっとして体を硬直させる。

とても友好的とは思えない声だ。ふたりはとっさに木の陰に隠れた。

音を立てないよう気をつけながら様子をうかがうと、少し離れたところに人影があった。

ひとりではない。複数の人影が見えた。

どうやら何人かでひとりを取り囲んでいるようだ。そして、囲まれているのは、あろうことか、シェンだった。

「……シアンくんを取り囲んでいるのって、校内でも問題になってる人たちだよね？」

有理が声をひそめて言う。その通りで、シェンの周囲にいるのはちょうど昨日の昼休みにシェンが圧倒した八人の男子生徒たちだ。いや、今日は九人いるようだ。ひとり、見知った顔が混ざっている。

「どうしよう……。シアンくんが怪我《けが》しちゃう」

有理が不安げな声を出す。シェンの強さを覚えている涼が「大丈夫だよ」と言いかけた矢先、視界の中にきらめくものが見えた。

ナイフだ。

男子生徒たちがナイフを取り出したのだ。

「！」

涼の背筋《せすじ》に寒いものが走る。同時に、怯えた有理がぎゅっと涼の服を摑んだ。

そのときだ。

地面が揺れ、地の底を這《は》うような低い唸《うな》り声があたりに響き渡る。

涼はとっさに振り返り、有理を守るように抱き寄せた。

そして、はっきりと見たのだ。

自分たちに向かって枝を伸ばして迫る、巨木の姿を。

時は少し遡《さかのぼ》る。

教室でシェンを呼び出した草真は、くぐもった声でこう言った。

「シアンくんに告白したいって女の子がいるんだけど」

なんでも、シェンが女の子に告白されたがっていると知り、草真は相手を探しまくったのだそうだ。

三年生女子は協定を結んでいるので無理だが、二年生となれば話が違うらしく、シェンの噂を聞き、ぜひにという女子を見つけた。

どうしてそこまでして……と驚くシェンに、草真はぼそぼそと言った。

「昨日……助けてもらったから」

かくしてシェンは約束の時刻まで待ち、草真と共に裏庭に向かった。

時刻は日没。鬱蒼と木が茂っている裏庭は夕闇に溶け、薄暗い。

「ずいぶん暗いところで、告白するんだねぇ」

先を歩く草真のあとをついて行きながら、シェンが言った。

「……明るいところは、人が通りやすいから。告白をするには、できるだけ他人から見られないところがいいんだって」

「なるほど。……だから、伝説の木も現れやすいと」

ふむふむとシェンが頷く。

草真は黙々と歩いていた足を止めた。ならうようにシェンも足を止める。

周囲には人の気配がする。しかも複数。けれど、残念なことに告白に胸をときめかせる雰囲気は感じ取れない。

「……なるほど」

シェンは小さく呟いて、口の端をあげる。

「出てきていいよ。告白もされたいけど、ボクはそういう荒っぽいことのほうが好きなんだ」

周囲に向けてシェンが声をかけると、木々の陰に隠れていた男子生徒たちが姿を見せた。

予想通り、昨日の昼休みに相手をした問題児たちだ。

彼らの列に加わるように草真がシェンから離れ、じとっとした卑屈《ひくつ》な目で睨みつけてくる。

中途半端に正義の味方面《づら》をするからだ、と表情が語っていた。

おそらく、昨日の昼休みの一件のあと、問題児たちはシェンへの鬱憤をまずは草真にぶつけたに違いない。そして、シェンを連れてくるよう草真に命じたのだろう。

命令に従うことで自分を守ってきたのに、正義面したちん入者のせいで逆恨みされた草真は、シェンを恨み、そして罠《わな》にはめた。シェンをおびき出しやすい方法をきちんと調べるあたり、彼の恨みは相当深かったのだろう。

シェンはやれやれと肩を落とす。

「一度やりあって力の差がわからないなんて、君たち、実はケンカをあまりしてないね？」

「なめてんのか、このヤローッ！」

取り囲んでいた者のひとりが怒鳴ると、それに端を発したように他の者たちも口々に罵《のの》りを叫ぶ。

やがて問題児たちがナイフを取り出したときだった。

地面が大きく揺れ、奇妙な声らしきものが響き渡る。

「……精彩《すばらしい》！　君は友達想いだね、涼くん」

シェンが視界に捉えたのは、木の陰で震える涼と有理。そして、ふたりに迫る巨木のバケモノの姿だった。


その大きな木は、まるで腰を曲げるように太い幹を途中で折り、葉の茂った枝をこちらに伸ばしてくる。

動くはずのないものが動いている。それだけでも狂気の沙汰《さた》なのに、明確に自分たちへと向かってくる様《さま》は、恐怖以外のなにものでもなかった。

ザワザワと葉のこすれる音を立てて迫る枝に、涼と有理は言葉も出せずに抱き締め合った。

そんなふたりの耳に、葉の音とは別の声が届く。

「な、なんだ、こりゃぁ!?」

「やべぇ、写真撮れ！」

「すっげーっ、伝説の木ってやつか！」

問題児たちはシェンのことなどすっかり忘れ、スマホを取り出すとパシャパシャと写真を撮りはじめた。

暗闇にフラッシュの光が断続的に輝いた。

「んー。それはやめたほうがいいと思うけどな」

シェンがのんびりと言ったときだ。

涼と有理を包み込もうとしていた木の枝が動きを止め、周囲にいた問題児たちに向かって枝をすばやく伸ばしてきた。

枝は鞭《むち》のようにしなやかな動きで男子生徒たちを簡単に捕らえ、宙づりにする。

「な、なんだぁぁぁぁー!?」

「はなせっ、このっ!」

「くそ、切れねーっ!」

男子生徒たちは叫び、手に持っていたナイフで枝を切り落とそうとするが、枝はナイフに傷つくどころか、ナイフのほうが刃こぼれを起こす始末。

「だから言ったのに……。まぁ、おかげで隙《すき》が生まれてよかったけど」

シェンはそう言うと、両脇にそれぞれ抱えていた涼と有理を地面に下ろした。

動く巨木が男子生徒たちに気をとられた隙をついて、巨木の懐《ふところ》に入り込み、ふたりを救助したのだ。

シェンによって少し離れたところに移動した涼たちは、あらためて巨木を見つめた。

根は地面からとびだして蛸《たこ》の足のようにうごめき、枝には男子生徒をぶら下げている。

太い幹の中央に空《あ》いた虚《うろ》からは、うめき声のような音が漏れている。

どうやらさきほど聞こえた奇妙な声は、この木が発したもののようだ。

「あれは伝説の木……?」

有理が怯えた声で尋ねる。

「そう言われていただけで、正確にはUMA《ユーマ》だね。しかもジュニア」

「ゆ、ゆーま？」

シェンの説明に、涼がオウム返しで聞き返す。

「Unidentified Mysterious Animalと言ったほうが、わかる？」

「Unidentified……？」

「うーん、でも、説明はこれで終わり。これ以上は時間がない」

言うやいなや、シェンの手がポケットから何かを取り出す。

「伸展《シエンジアン》！」

シェンは取り出した何かを回転させ、伸びてきた木の枝を弾《はじ》き飛ばしていく。

「目撃者全員を捕まえるつもりか。そうやって自分の存在を隠してきたんだね」

枝の攻撃が止まり、シェンも手を止める。そこには、シェンの身長ほどの棒が握られていた。おそらくその棒を回転させ、木の枝を弾き飛ばしていたのだろうと、遅まきながら涼は理解する。

動く巨木は切られた枝を引き戻しながら、幹の虚から耳が痛くなるような奇声を発した。

「恨めしいのかな。なるほど、言葉は学習していなくても、感情はある。だいぶ成長しているんだね」

シェンが巨木に向かって言い、すばやく駆けだす。

巨木はシェンの接近を防ごうと、枝を鞭のようにしならせてシェンに叩きつける。だが、シェンは右へ左へと絶えず移動して枝の攻撃を避け、ダンッと高く飛び上がった。

巨木よりも高い位置で、シェンは棒を大きく振りかぶる。

「さぁ、終わりにしようか」

シェンが棒を振り下ろそうとしたとき、巨木は盾《たて》にするように、捕まえていた男子生徒のひとり——草真をシェンの眼前に移動させた。

「！」

ぴたり、とシェンの動きが止まる。その一瞬をつくように、巨木は他の男子生徒たちを一気に虚の中へと放り込んだ。

「うわぁぁぁぁ!!」

男子生徒たちが悲鳴をあげる。だが、虚に入ってすぐに、その声は止《や》んだ。

「た、食べた……木が人を……！」

有理はガクガクと震え、立っていられない。

くずおれそうになる彼女を、涼は必死に支えた。涼もできることなら、震えて倒れたいところだが、ここで倒れては、いざというときに有理を連れて逃げることができなくなるので、必死に耐えている真っ最中だ。

「……なるほど。そうやってエネルギーを得て、成長してきたんだね」

シェンは捕まっていた草真を木の枝から助け出し、地面に着地する。

「こ、ここ、これ………」

草真はガタガタ震え、恐怖がすべてに勝《まさ》ったのか、がくんっと気を失った。

しかし涼たちがそれに気づく余裕はなかった。眼前の光景から目を離せないでいたからだ。

動く巨木に花が咲いていた。

大人の一抱えはあるだろう大輪の花が、突如《とつじょ》として次々と咲いたのだ。

花は大きな花弁を開くと、すぐに花びらを落とした。やがて残った萼《がく》の中に実が実《みの》る。

「な、なんだあれ……！」

涼は目を疑った。光景のおぞましさに、有理は声も出ずに口を覆《おお》う。

実は、人型をしていた。はじめは頭だけだった実が、徐々に首、肩、そして足までつくっていき、緑色だった肌《はだ》が、人間のそれと同じ色になっていく。

実の数は、八つ。取り込まれた人間と同じ数であり、できあがった実たちの顔は、取り込まれた人間の顔とうり二つだった。

「これが、伝説の木のからくりだよ」

シェンが言った。

「UMA【チェイン】は結合、結びつきに反応し、すべてを結びつけようとする。このジュニアはその特性の一部を引き継いで、惹《ひ》かれ合う男女の心に反応しては、それを取り込み、引き合う心と体をエネルギーとして取り込んでいた。そして取り込んだ人間の偽物《にせもの》を使って、さりげなく自分の噂を流し、新たな恋人たちを引き寄せる……よくできているね」

シェンはうんうんと頷いた。

「じゃ、じゃあ……柴の知ってる告白した友達ってのは……」

「偽物だったんだ。だからそっけない反応に変わってしまった」

「そんな……！」

「本来なら恋人同士しか取り込まないはずなのに、あの迷惑な生徒を取り込んだのは……」

ボトリ。ボトリ、ボトリ、ボトリ……。

シェンの話が終わる前に、巨木から生まれた人間が地面へと落ちた。

偽物の男子生徒たちは、生気のない目でシェンを見つめる。

シェンは笑った。

「目撃者を一掃するためだね」

木の虚から奇声が発せられる。

思わず耳を塞《ふさ》ぎたくなる音が合図だったかのように、偽物人間たちはシェンへと襲いかかった。

「残念だね。自分のポリシーに反してまで人を取り込んだのに」

シェンがすっと真横に腕を伸ばす。

「ボクは、君の思惑《おもわく》を否定するよ」

ムーブ、と小さくシェンが呟く。すると伸ばした指先の先端で空間に亀裂が入った。

驚きの連続に息もつけない涼たちが次に見たのは、何もない空間から刀身に炎を宿した剣を取り出すシェンの姿だ。

「借りますよ、ボス」

シェンは剣を握ると、迫る偽物人間たちを一振りで斬《き》り伏せる。

偽物人間たちは切られた箇所から燃え上がり、バタバタと倒れていった。

同時に木の虚から、怨嗟《えんさ》のような奇声が発せられる。

巨木は根を動かし、すばやく後退していった。よくよく見れば、徐々に土と同化するように地中へ消えていっている。おそらく、人に見つからないようにいつもは地面の下に隠れていたのだろう。

「言ったろう、否定するって。それに、すべては予言されている」

シェンは高く飛び上がると、巨木に向かって剣を振り下ろした。

木は自分を守るように枝でガードする。だが、シェンの炎の剣は、すべての枝を切り裂いて燃やし、ついには本体を両断した。

いままでで一番大きな奇声が林に響き渡る。巨木は体を焼かれながら、のたうち回った。

地面の下に残っていたらしき根が、あちこちから出現し、そのすべてが炎につつまれ燃えていく。

「か、火事に……！」

慌てる涼に、シェンが微笑んだ。

「大丈夫。この炎は持ち主が斬りたいと思ったものしか燃やさない。今回のために特別に借りたけど、ボクはやっぱり自分で倒すほうが合ってるな。……ムーブ」

シェンが小さく名を呼ぶと、空間に亀裂が入り、剣が剣先のほうから消えていく。

やがてシェンの言った通りに、炎は巨木だけを燃《も》やし尽《つ》くし、火の粉を残すこともなく消えた。

「うーん、これが、ジュニアの本体かな？」

シェンが燃えかすの中から、何かを取り上げた。ジャラリ……と音を立てたそれは、鎖《くさり》のようだ。

「ムイちゃん、回収して」

シェンが言うと、手の中から鎖が音もなく消える。

「ひとまず任務完了かな」

シェンは小さく息をはくと、涼たちに振り向いた。

「驚かせたね。でも、もう大丈夫。ジュニアが君たちを襲うことはないよ。あとでそこで気絶してる人たちも、こちらで処理をするから、気にしなくていい」

シェンが指さした先に、地面に横たわる草真や、半分地面に埋《う》まっている問題児たちの姿があった。

チェインのジュニアは、取り込んだ人間を地面の下に保管して、ゆっくりエネルギーを奪うつもりだったらしく、問題児たちはただ気を失っているだけのようだ。

ニコリと微笑むシェンに、涼は慎重に問いかけた。

「……おまえ、いったい何なんだ？」

「転校生だよ。あともう少しだけね」

「どういう意味だよっ。全然わかんねーよ！」

「そのほうがいい。知ったところで忘れるし。……でも、涼くんには感謝してるんだ。UMA《ユーマ》を呼び出してくれて、ありがとう」

「？」

「あれ、気がつかなかった？　君たちの引き合う気持ちに、あのジュニアは反応したんだ」

にこりと笑って、シェンは「それ」と指さす。

涼はシェンの指さすほうを目で追うようにして、自分の手が有理の肩を抱き締めていることに気づいた。

「うわぁぁぁぁ！　ち、ちがっ、ご、ごめん、大木さっ」

涼が慌てて有理から、体を離す。だが、次の瞬間、体が意に反して動き、有理を抱き締めた。

「熱海くんっ!?」

「えぇ!?　ち、ちがっ!?」

涼は顔を青くしたり、赤くしたり、めまぐるしく顔色を変えながら有理から離れる。

人肌を失った体を冬の冷気が包むが、体温は反して急上昇した。

自分を見つめる有理が、照れつつも微笑んでいたからだ。

「大木さん……あ、あの！　俺……！」

想いが言葉となり、自然と口から溢れそうになる。早鐘を打つ心臓がうるさい。

大事な一言を伝えようとして、涼は気づく。そうだ、ここにはシェンがいる。

「シェン！　……シェン？」

慌てて周囲を見回すが、にこやかな転校生の姿はもうどこにもなかった。


慣れない学生服から、いつもの服装に戻ったシェンは、座席に座ると大きく伸びをした。

「やっぱり着慣れた服が一番だね～」

「お疲れ様でした、シェン様」

タイミングよく現れたムイがお盆にのせた烏龍《ウーロン》茶を差し出す。

ふたりがいるのは、ユニオンへと戻るための高速飛行機の中だ。

「謝謝《ありがとう》」

シェンは烏龍茶を受け取り、一息に飲み干す。

「はぁ〜、やっぱりムイちゃんのお茶が一番おいしいね。お弁当も最高だったし」

「ありがとうございます！　風子《ふうこ》様とチカラ様に教わって、いろいろ試せて私も楽しかったです」

ムイが照れつつもぺこりと頭を下げた。

そして顔をあげると、無邪気な笑顔を消して真面目《まじめ》な顔で尋ねた。

「それでシェン様、予言書は信じるに足ると思いましたか？」

「そうだね。配役にアレンジがあるようだけど、情報は限りなく信憑性《しんぴょうせい》が高いよ。UMA《ユーマ》の倒し方も、この通りだったから」

そう言うと、シェンは手元に置いてあった漫画――『君《きみ》に伝《つた》われ』を手に取る。

今回の任務はすべてこの漫画を読んだ不動【ＵＮＭＯＶＥ】こと重野《しげの》チカラの一言からはじまった。

『この「狙われた学校編」の伝説と似たようなのが、ボクの通っていた学校にもありました……。というか、読み込めば読み込むほど、ボクの学校のことみたいで……』

不運【ＵＮＬＵＣＫ】こと出雲《いずも》風子が出版社に侵入したことで、『君に伝われ』が予言書であることに確信は持てた。

だが、果たしてその内容はどこまで信じられるのか。

組織《ユニオン》はその精度を調べるために、設定が酷似《こくじ》しているというチカラの学校に注目し、「君伝《きみつた》」と同じ設定になるよう花嫁捜しの転校生として、シェンを派遣した。

「たしかに漫画の通りであれば、転校生であるシェン様が伝説の木の精霊に狙われるはずでしたが、実際はご友人でしたね」

「でしょう？　ボクもがんばって、漫画のキャラになりきって演じたのに……アレンジされてるとは思わなかったよ」

「ですが、これで予言書をもとに、いろいろな対策が講じやすくなりますね。ニコ様による記憶消去の事後観察もできて、報告すべきことがいっぱいです」

さっそく報告書をまとめます、とムイは一礼をして別室へと下がっていく。

ひとりになったシェンはもう一度大きく伸びをした。

はじめて通った学校。そこでできた友人たち。

ニコの記憶消去のおかげで、彼らにシェンの記憶は一切残っていない。

それをさびしく思うような感情をシェンは持たない。

そういえば、記憶処理をするときに接触したあの問題児たちは、なぜかすっかり毒気が抜け、話の通じる相手になっていた。詳しいことは調べないとわからないが、もしかしたら攻撃的な精神を先行してUMA《ユーマ》に吸われたのかもしれない。攻撃的な実をつけるには、その部分が必要だった……のか。

とにもかくにも、小さな学校の小さな秩序は保たれることになったわけだ。

学校に平和が戻ったという点は、形は違えど『狙われた学校編』のエンディングと通じるものがある。

ふと、ひとつの仮説が浮かんだ。

「……『狙われた学校編』は、ボクたちが確認しやすいエピソードとして用意されていた？」

シェンは呟く。

世界を股《また》にかけたエピソードが多い『君に伝われ』の中で、今回の『狙われた学校編』はスケールが小さいほうだ。

だからこそ、予言書の精度を知るにはちょうどいいエピソードでもあった。

——つまりは、安野雲《あんのうん》の掌《てのひら》で遊ばれたのか。

その思考につきあたり、シェンは考えるのはやめようと頭を振った。

仮定の話に頭を使うのは、自分の仕事ではない。自分は相対《あいたい》したときに、見極めるほうが性《しょう》に合っている。

真実はそうやって見つけるものだから。

「……安野雲、会ってみたいな」

シェンはゆったりと背もたれに身を預けながら、真実を否定する目を閉じた。

Ep《エピソード》.003
ハロウィンを全力《ぜんりょく》で楽《たの》しもう作戦《さくせん》

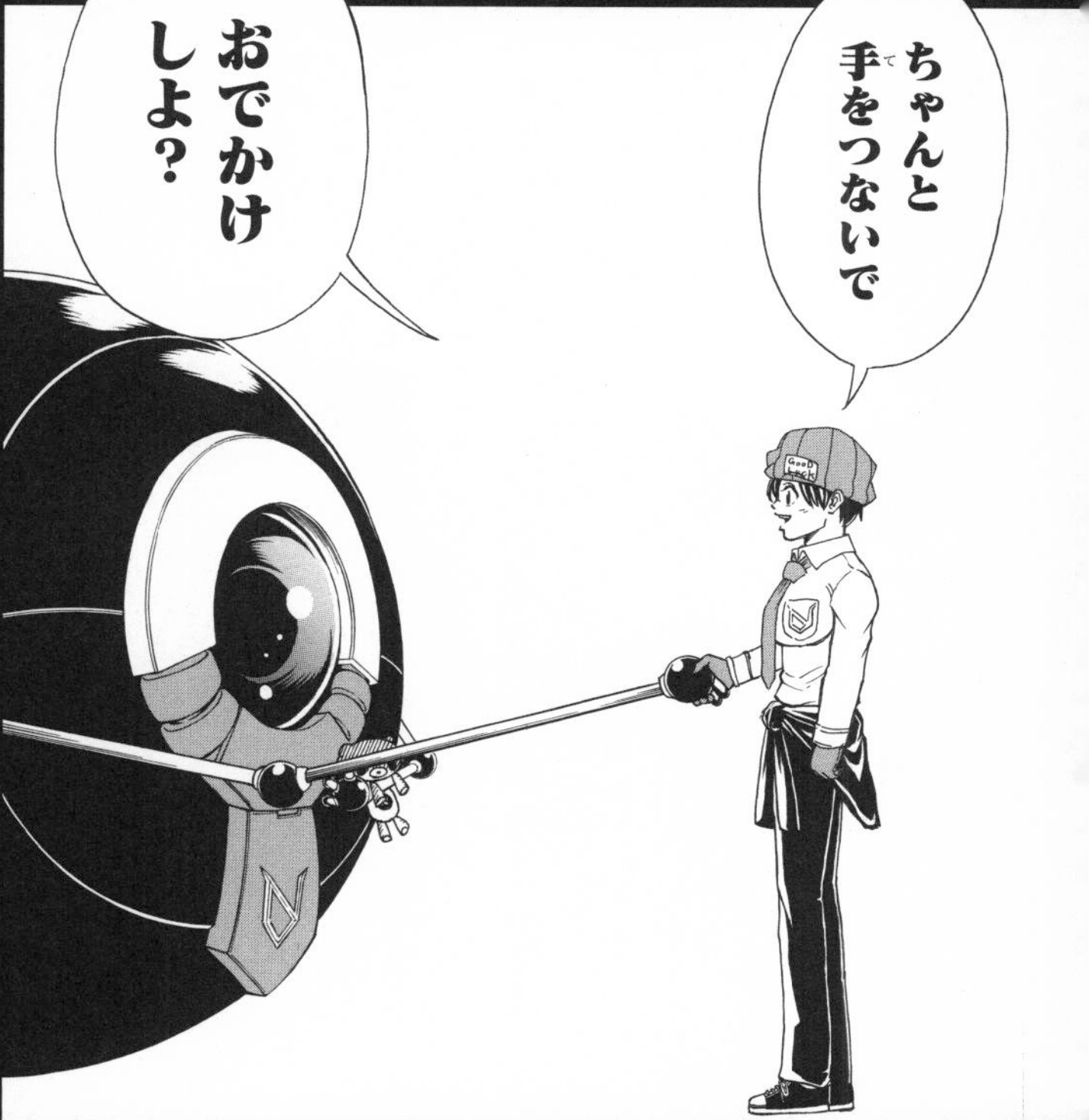

一〇〇個目の罰《ペナルティ》がかかった課題発表《クエストオープン》まで、残り一か月となった日。

不運【ＵＮＬＵＣＫ】こと出雲風子《いずもふうこ》と、不動【ＵＮＭＯＶＥ】こと重野《しげの》チカラは、組織《ユニオン》が用意した特殊訓練用のプログラムに励《はげ》んでいた。

特殊訓練とはいっても、その内容の多くは基礎体力の向上が主である。

否定能力を使いこなすには、柔軟な発想と解釈が大事だが、それを実行するにはやはり体力が欠かせない。

そのようなわけで、今日も運動場のトラックをぐるぐると走り続けた風子とチカラは、ノルマを達成すると、トラックにどさりと倒れた。どちらかと言えばインドア派のチカラと、完全なるインドア生活をしていた風子にとって、この体力向上プログラムは「キツい」の一言につきる。

「……でも、ちょっとだけ前よりは、走れるようになった気がします……」

乱れた呼吸を整えながらチカラが言うと、

「そうだよね……！」

苦しげな呼吸の隙間《すきま》から、風子が嬉《うれ》しそうに答えた。

激しいトレーニングにともなう毎日の筋肉痛は辛《つら》い。しかし、それは少しだけ前に進めた証《あかし》なのだと思えて、どこか誇らしい。

ずっと隠して生きるしかないと思ってきた否定能力。それが、今度は誰かのために役立てられると思うと、どんなにキツいプログラムにもやる気が湧《わ》いてくる。

「そんなふうに休むと、体に悪いわよ」

「タチアナちゃん！」

視界ににゅぅっと入ってきた黒い鉄球に、風子が明るい声をあげた。

不可触【UNTOUCHABLE】ことタチアナである。

「ほらタオル、それから少しアイシングもして。水分もとらないとダメじゃない」

球から伸びるロボットアームが、タオル、氷嚢《ひょうのう》、スポーツドリンクを流れるように風子とチカラに渡す。

「ありがとう、タチアナちゃん」

「いつもすみません」

「まったく、ふたりとも私がいないとダメなんだから」

お礼を言うふたりに、タチアナはフフンと胸をはるように、球を反《そ》らせた。

最近のタチアナは、こうしてふたりのトレーニングの場に現れては、かいがいしく世話を焼いている。

新しくできた友達の役に立てることを、喜んでいるようだ。

ほどよく冷えたスポーツドリンクで喉《のど》をうるおし、ようやく呼吸を整えた風子は、タチアナのロボットアームがまだ何か持っているのに気がついた。

オレンジ色の球体を上下から圧縮したような形――かぼちゃである。

「タチアナちゃん、かぼちゃなんて持って、どうしたの？」

「あら風子、知らないの？　かぼちゃと言えば、決まってるでしょ。ハロウィンよ！」

見せつけるように、タチアナはかぼちゃをドンと差し出した。

「そうか、今日は十月三十一日でしたね」

なるほど、というようにチカラが頷《うなず》く。

「ハロウィンかぁ。私、イベントものって参加したことないから、よく知らないんだけど……楽しいって言うよね」

「そう！　そうよね！　風子なら、そう言うと思ったわ！」

タチアナは、かぼちゃを持つのとは別のロボットアームを伸ばし、風子の手をぎゅっと包んだ。

「ねぇ、私たちもハロウィンしない!?」

「え、私たちで?」

「そう、私たちで!」

タチアナははっきりとした声で宣言し、ちらりとレンズをチカラに向けた。

「え!? もしかして、ボクも入ってるんですか……?」

「みんなでやるほうが楽しそうだから、特別に入れてあげるわ、スケベタマネギ」

「はぁ……どうも……?」

いつの間にか強制参加になっていることに戸惑《とまど》いを隠せないチカラである。

「じゃあ、さっそく準備に取りかかりましょ!」

タチアナがうきうきと移動をはじめたので、風子はあわてて呼び止めた。

「ごめん、タチアナちゃん! ハロウィンの準備、午後の訓練プログラムが終わったあとでいい?」

「! そうか、午後もプログラムあったのよね……」

すぐにでも取りかかりたかったらしく、タチアナがシュン……と項垂《うなだ》れた。

「タチアナちゃん……」

風子が気遣《きづか》うようにタチアナを見つめていたときだ。

プシュー……。

どこからか、空気が漏《も》れるような音がした。

何の音だろう、と不思議に思った風子はキョロキョロと周囲を見回しながら耳をすますが、奇妙な音はそれきりで、なにも聞こえない。

代わりに、のんびりとした男の声が聞こえた。

「楽しそうだよね、ハロウィン！」

声のしたほうを見れば、不死【ＵＮＤＥＡＤ】ことアンディに連れられたビリーが戸口から入ってくるところだった。

「ビリー様！　なんでゾンビなんかと！」

自他共に認める「ビリーの目」であるタチアナは、すぐさま戸口へと飛んで行き、アンディを手加減せずにおしのけると、ロボットアームでうやうやしくビリーを支える。

ビリーを風子たちの元へと誘《いざな》いながら、タチアナが尋ねた。

「ここに用があったなら、さっき言ってくだされればお連れしたのに！」

「いやいや、たまたま偶然、ここの前を通りかかったら、楽しそうな話が聞こえたもんだから。いいよねハロウィン！　ぜひやったらいいと思うよ！　いますぐ！」

「いま？」

「すぐに？」

　チカラと風子が思わず聞き返し、お互いに顔を見合わせた。

「でも、午後の訓練プログラムが……」

　チカラがおずおずと言うと、ビリーはニコニコと答えた。

「たまには休憩も必要だよ〜。ねぇ？」

　同意を求めた先にはアンディがいた。

「そうだな。体を休めるのも仕事のうちだ。それにいつもと違うことをするほうが、案外柔軟な発想力の訓練にもなるんじゃねーか」

　ニッとアンディが口の端をあげて笑う。

「そうそう。今日は休憩〜！　みんなでハロウィンを楽しんでよ。なんなら、ふたりの訓練プログラムが休めるように、ボクから上に頼んでおくよ。それで安心だろ？」

「えっ？　はい、ありがとうございます……？」

　トントン拍子に話が進むので、風子とチカラはただただ頷くだけだ。

　そんなふたりの肩を、アンディがガバッと一気に抱き寄せると、耳元でささやく。

「まぁ、いろいろ理由はあるんだが、今日はタチアナに付き合ってやれ。おまえらふたりが訓練で忙しいから、さびしがってたみたいだしな」

思い当たる節《ふし》があった風子は「あ……」と小さく呟《つぶや》いた。

「いつも訓練が終わると、ボクらふたりともフラフラですもんね。風子さんとおしゃべりしたくても、タチアナさんは我慢してたのかな」

と、チカラは言うと、そっとタチアナを見遣《みや》る。

家庭菜園が趣味の職員から、ちょうどいいかぼちゃを分けてもらったのだとビリーに話すタチアナの声はいつになく弾《はず》んでいる。どうやらハロウィンの準備を心から楽しみにしているようだ。

「タチアナもさっきはじめてハロウィンってイベントがあるのを知ったらしいぜ。だから風子たちと一緒にやりたくて仕方がないらしい」

「そうなんだ……。あれ？　アンディ、なんでタチアナちゃんのこと、そんなに詳しいの？」

風子が聞き返すと、珍しくアンディは沈黙した。

「アンディさん？」

チカラも不思議そうにアンディを見つめる。

ふたりに見つめられたアンディは、やがてニヤリと口の端をあげた。

「まぁ、いろいろあんのさ」

「だから、それを教えて……」

風子がさらに尋ねようと首を回したとき、すぐ横にあったアンディと、頬《ほお》と頬が触れあった。

「あ」

アンディと風子が同時に声をあげた直後――。

運動場の床《ゆか》が轟音《ごうおん》と共に崩落《ほうらく》した。


突然の崩落は、運動場の真下のエリアで実施されていた工事が原因だった。工事中にたまたまミスが重なったことで爆発が起き、ちょうど真上にあった運動場にも被害が出てしまったらしい。

かなり大規模な崩落だったが、アンディとタチアナの働きで、運動場にいた者たちにも、また工事担当の者たちにも負傷者は出なかった。

しかし当然のことながら運動場は使用が中止され、風子たちのプログラムも午後は中止になってしまった。

そんなわけで風子とチカラは早々にハロウィンの準備に入ることになったのである。

組織《ユニオン》メンバーであれば、誰もが使用できる談話室に移動した風子とチカラ、そしてタチアナは、ハロウィンの準備について話し合った。

「それでハロウィンって、なにをすればいいんだろう？」

風子が基本的な質問を口にすると、タチアナはパッとかぼちゃを掲げた。

「まずはかぼちゃでしょ！　それから仮装も必要だし、あとお菓子よね!?　えっと、それから、それから……！」

うきうきと話すタチアナの様子から、いかに楽しみにしているかが伝わってきて、風子とチカラはついつい笑顔になってしまう。

ちなみに、タチアナがハロウィンについて今朝《けさ》知ったばかり、というのは本当のようだった。

というのも、談話室に移動するさいに、ビリーがこっそり話してくれたことによれば、そもそもビリー自身がタチアナに教えたというのだ。

『〝ハロウィン〟ていう、若人《わこうど》のイベントがあるんだって〜。タチアナもやってみたら？風子ちゃんたち、若い子を誘ってさ〜、楽しいと思うな〜』

と、これから運動場に向かおうとしていたタチアナに提案したらしい。

すると、タチアナは「ビリー様が言うなら……！」と俄然《がぜん》やる気になったそうだ。

「それって、『そそのかした』って言うんじゃ……？」

チカラが恐る恐る言うと、ビリーはにっこりと笑った。

「いやだなぁ、そんなつもりはないよ！　ただボクは、最近さびしさを感じているタチアナが、今日ぐらいは楽しさに溢《あふ》れた日を過ごしてほしいと思っただけさ！」

ビリーはぐっと拳《こぶし》を握り、熱く真摯《しんし》な声で言いきった。

つまりタチアナちゃんへの溢れる愛に巻き込まれたんだな、と風子たちは思った。

けれど、風子たちにとっても悪い提案ではない。

タチアナが喜んでくれるのもなにより嬉しいが、ずっとトレーニング漬《づ》けだったので、たまの息抜きにわくわくしているのも事実だ。

「よーし、とことん楽しもうよ、ハロウィン！」

風子の声に、タチアナもチカラも元気に頷いた。

——そんな三人の様子に、安堵《あんど》の息をつく者たちの姿があった。

モニタールームから、談話室の様子をリアルタイムで盗み見していたビリーとニコだ。

正確には「盗み聞き」で状況を理解したビリーは、

「うんうん、楽しそうでなによりだ！」

と、満足そうに頷いた。

「とりあえず作戦の第一段階は成功だな」

ニコが抑揚《よくよう》のない声で言うと、「でもさー」と疑わしげに問う声があがった。

不停止【UNSTOPPABLE】こと、トップ＝ブル＝スパークスである。

モニター前に置かれたソファに座るトップは、両手足をぐーっと伸ばしながら、背後に立つニコに問いかけた。

「こんな作戦で、本当に大丈夫なのか？」

『……某《それがし》も同意見に候《そうろう》』

と、達者な字で書いた紙を控えめに掲げたのは、ソファの脇にのっそりと立つ大鎧《おおよろい》——不壊【UNBREAKABLE】こと、一心《いっしん》だ。

「あとは出たとこ勝負ってことだろ？」

別のソファに座っていたアンディがニッと口の端をあげ、この作戦の立案者であるビリーとニコを見遣る。

「そうなんだよ～。いろいろ考えたけど、この作戦が一番平和的で最適だと思ってね。ね？」

ビリーに同意を求められ、ニコが面倒くさそうに頭をかく。

「……ああ。なにより優先すべきはタチアナの精神状態だ。もしも、少しでも悪くなれば、俺たち全員がUT《アンタッチャブル》エリアによって消えることになる」

タチアナのUTエリアを抑制する拘束具《こうそくぐ》。それに問題が生じているとわかったのは、数時間前のことだった。

UTエリアからの安全を保つため、拘束具は常に強度をモニターしていたのだが、その数値がひどく不安定になっていたのだ。

原因は、先の課題《クエスト》においてUTエリアがはじめて解放されたことによる不具合――と、推測したニコはすぐにジュイスに報告すると同時に、この件に最適な人物に連絡をとった。

ビリーである。

緊急事態だから、と呼び出し、半分寝ぼけているビリーと練《ね》ったのが今回のUTエリア解放回避作戦。

その名も――。

「『ハロウィンを全力で楽しもう作戦』！　この作戦で、タチアナには今日一日、楽しく元気に過ごしてもらえば、精神状態もバッチリすっきり！　きっと大丈夫さ！」

タチアナが映っているモニターを背にして、明るく宣言するビリーを、トップはじとっ

と横目で見つめた。

「半分寝ぼけて作った作戦だろ？　マジで大丈夫なのかよ？」

「問題ない。こいつが寝ぼけてるのは通常運転だ。それに俺もちゃんと作戦内容を検討した」

ニコのフォローになってないフォローにトップはふむと頷く。

「じっちゃんが言うなら大丈夫か」

「ボクってそんな認識なの？」

ビリーは心外だなぁ、と首をすくめた。

「だが、精神状態の悪さが、なんでUTエリア解放のトリガーになるんだ？」

アンディが尋ねると、ニコがサブモニターにタチアナの拘束具の設計図を映した。

「この装甲は常に広がり続けるタチアナのUTエリアが外に漏れないよう抑圧している。タチアナの不可触の能力は感情にリンクしているから、感情を細かく数値化して、数値にあった強度や電磁波を常に切り替えて構成しているんだ。だが、今回そのマイナス感情を感知するはずのセンサーに不具合が起きてる。おかげでストレスが高まったとき、装甲は無力で意味をなさなくなるというわけだ」

「なるほどな」

アンディは頷いたが、トップと一心はそろって首を傾《かし》げた。

「いや、さっぱりなんだけど」

『某もで候……』

「とにもかくにも、タチアナが今日一日ご機嫌《きげん》でいてくれたら大丈夫ってことだよ！」

ビリーがにこやかに解説する。

『ハロウィンを全力で楽しもう作戦』はその名の通り、今日一日、タチアナにハロウィンを楽しんでもらい、ストレスと無縁の生活を送らせようというものだ。

作戦の期限は、午後四時。新しい拘束具ができあがるまで。

もしも失敗すれば。ＵＴエリアの解放による組織《ユニオン》の壊滅《かいめつ》の恐れがある。

総指揮はビリー、バックアップは、ニコ、トップ、一心、アンディ。

実行者は風子とチカラである。

ただしこの二人には、作戦内容を伝えることは控えた。

風子とチカラの性格を考えると、隠し事をしながら作戦を実行できるとは思えなかったからである。

「タチアナも風子ちゃんたちとゆっくり遊べて、きっとストレスフリーなこと間違いなしさ。バックアップは念のためお願いしたけど、のんびり見守っていいと思うよ。ボクの作ったお菓子でも食べながらさ」

ビリーはにこやかに勝利宣言すると、アンディに顔を向けた。

アンディはやれやれとソファから立ち上がり、部屋の隅に置かれていたバスケットから、いくつもの焼き菓子を取り出してソファ前のローテーブルに並べた。

作戦の第一段階としてビリーを運動場に連れて行く役目と同時に、この菓子を運ぶのも任されていたのだ。

「おお、すげー！　おいしそー！　一心、食べようぜ！」

『ご相伴《しょうばん》にあずかるで候』

「もう少しでパンプキンパイも焼き上がるから、楽しみにしててねー」

「おい、ちゃんとモニターも見ておけ」

ニコが注意を促《うなが》したときだ。

「UTストレス値上昇中、UTストレス値上昇中……」

警告を知らせる機械音声と共にアラートが鳴り響いた。

「いきなりかよ!?」

トップたちが慌《あわ》ててモニターを食い入るように見る。

そこには、腕組みし、首を傾げている風子たちが映っていた。

ハロウィンでは、仮装した子どもたちが「トリック・オア・トリート」と言いながら歩き回るのがメインのイベントである。

タチアナにそう説明してもらった風子たちは、さっそく準備に入ろうとしたのだが、すぐに問題にぶつかってしまった。

「タチアナちゃんの仮装……」

腕組みをした風子が、うーんと唸《うな》る。

鋼鉄の球に包まれたタチアナをどう仮装させるか。それが問題だった。

もちろん、触れるものすべてを否定する能力を持つタチアナに、何かを着せることはできない。仮装するとなれば、外側の球に施《ほどこ》すしかないのだが、果たしてどうすればいいのか、見当もつかない。

「ボウリングの球はどうかな？　似てる気がするし」

「なんでそんなのに仮装しなきゃいけないのよ！」

ぽんと手を打って笑顔で提案したチカラであったが、瞬間的にタチアナに却下《きやつか》されてでし

まった。

「ハロウィンよ!? もっと楽しい仮装がいいに決まってるじゃない!」

「で、でも、ボウリングの球に仮装するのって、かなり楽しいと思うけど……」

さらに言《い》い募《つの》ろうとしたチカラのほっぺを、タチアナのロボットアームが引っ張って黙らせる。

「どうしたらいいんだろう? 丸みを活《い》かして、なにかできないかな」

風子はタチアナの周囲をじっくり観察するように回った。

するとまた、プシューっと、あの音が聞こえた。

「あれ? また空気が漏れる音……?」

それは小さな呟きだった。けれど、それを聞《き》き逃《のが》すモニタールームの面々ではない。

対策メンバーに一気に緊張が走る。

「仮装ができないのがストレス!? そんなんでUTエリア解放しちゃうのかよ!」

トップが信じられないという声をあげる。

「想定よりも小さなストレスでさえも、装甲が耐えられないということか」

ニコが顔色を変えずに「興味深いな」とブツブツ言っている間にも、室内に鳴り響くアラートの音は大きくなっていく。

「やべーよ！　どうするんだ、総指揮！」

「うーん、どうしよ？」

腕組みをして首を傾げるビリーに、思わずトップは詰め寄った。

「ノープランかよ！　行き当たりばったりすぎだろ！」

「だって、たった数時間前にいきなり作戦立てろって言われたんだよ？　ハロウィンを利用するってことを思いついただけでも、御《おん》の字《じ》だよ」

「だからってさー！　パイ焼いてる時間があったら、もっと考えとけよー！」

「うっ！　ごめんなさい……」

長身の背を曲げ、素直に頭を下げて謝るビリーに、思わずトップがグッと言葉を詰まらせる。

「いや……俺も言いすぎた。わりい」

「ううん、ボクが甘くて……」

互いに謝り続けるビリーとトップに、アンディが呆《あき》れたようにため息をつく。

「んなことやってる場合か。ともかく風子たちを安全な場所に……！」

すぐに駆け出そうとしたアンディだが、その視線が、ふとトップのそばにいた一心に向かった。

常日《つねひ》頃《ごろ》、まるで銅像のようにあまり動かない一心が、珍しくなにか言いたげにオロオロと挙動不審気味に動いているのだ。

それを見たアンディがニヤリと笑う。

「なるほど。こういうときは、一心に意見を聞いたほうがいいな」

「へ？　そうなのか、一心」

トップとビリーに見つめられ、一心がビクッと硬直する。

思わず隠れようとする一心の肩を、いつの間に移動したのか、アンディがガシッと摑《つか》んだ。

「いちいち逃げるな。緊急事態だ。それに、いまここでタチアナ《女子》の気持ちに一番寄り添えるのは、おまえだろ？」

アンディは一心にだけ聞こえるように、声を落として言う。

逃げだそうともがいていた一心が、ぴたりと動きを止める。

しばし思案するような沈黙のあと、一心はさらさらとノートに筆を走らせた。

『某に考えがあるで候』

談話室になぜか走り込んできたムイの「ぜひハロウィンに協力したい」という申し出に、タチアナはとても喜んだ。

「大歓迎よ！　みんなでやったほうが絶対楽しいもの！」

「ありがとうございます。さっそくですが、みなさんにぴったりの衣装を考えてきました」

「ムイちゃんが!?　すごい！」

「えっ!?　あー……ご覧いただけますか？」

ムイは言葉を詰まらせたが、すぐに落ち着いた笑顔を見せて持ってきたノートを開いた。

そこには赤ずきん、ゾンビ、さらには丸いかぼちゃの衣装が、なぜか筆で描かれていた。

「かわい〜！　それにこのかぼちゃ！　タチアナちゃん用？」

「はい。イメージとして大きなかぼちゃをつくり、それでタチアナ様の球を覆《おお》ってしまうものです。かぼちゃの形に見えるように、球とかぼちゃ生地の間に綿《わた》を詰めて、ふわふわもこもこの外観にしてはいかがでしょうか？」

「ふわもこ!!　かわい～～！　すてきなアイデアね、ムイ！」

タチアナのはしゃいだ声に、ムイがほっと胸を撫《な》で下《お》ろす。

「お気に召していただけて、よかったです。それでは私はこちらの衣装を大急ぎで縫製《ほうせい》いたしますので。できあがりましたら、お持ちしますね」

「あ、衣装作り手伝うよ、ムイちゃん！」

風子が慌てて言うが、ムイは首を振った。

「皆様は他にもご用意があると思いますし、こちらは私にお任せください。ニコ様から特別に裁縫マシンをお借りする話はついておりますので」

そう言うと、ムイは談話室を出て行った。

「すごく丁寧な衣装デザインですね。ムイさん、こんなセンスもあったんだ」

チカラがムイの置いていった衣装デザインを見ながら言う。風子も「うん」と頷くと、心なしかそわそわとしているタチアナに笑いかけた。

「衣装のできあがり、楽しみだね！」

「うん……！」

タチアナの喜びの声を聞き、なにより喜んだのは、モニタールームのビリーである。

「よかったね～、タチアナ！　好きな衣装が見つかって！」

「喜ぶべきところがそこか？　まぁいい。ストレス値は下がった」

ストレスの計測器を見ていたニコが、やれやれと息をつく。室内に鳴り響いていた警報もようやく鳴《な》り止《や》んでいた。

空気が抜けるような異音に気づいた風子も、ムイの登場で意識がそれたようで、気にしている気配はない。おそらく異変に気づくことはないと考えていいだろう。

「一心、ナイスデザインだったな！」

トップが一心にニッと笑いかけると、一心は一瞬おたおたとしたが、そっと紙を掲げた。

『タチアナ殿も、愛らしさに憧れる気持ちがあると想像したので候。それにムイ殿の協力あってのことで候』

「そう謙遜《けんそん》すんな。タチアナの危機を救ったのは、おまえだぜ？　いつもメタリックなものに囲まれてるから、たまにはふわふわした外観も悪くないってな。わかってるじゃねーか」

アンディも感心したように言った。

一心は指をモジモジさせながら後退するという器用な技を発揮し、部屋の戸口まで行くと『……ムイ殿の手伝いに行ってくるで候』と掲げて、姿を消した。

「しばらくは、静観できるといいんだがな。……おまえら、コーヒーいるか？」

一息入れようと、ニコが部屋に備え付けのコーヒーメーカーに向かう。

アンディが「おう」と応《こた》え、トップが「いらねー」と応えるのに対し、ビリーの返事は違っていた。

「でも、飲む暇はないと思うよ?」

「はぁ?」

ビリーの言葉に、ニコがコーヒーマグを片手に振り向いた。

「どういう意味だ?」

「だって、衣装が解決したなら、次の課題はもうわかってるじゃないか」

ビリーがにこやかに言うのを待っていたかのように、モニターの向こうでタチアナが困ったような声をあげた。


ハロウィンには、仮装した子どもたちが「トリック・オア・トリート」と言いながらお菓子を交換するイベントもある。

……というタチアナの説明をもとに、風子たちは次はお菓子の準備に取りかかろうとしていた。

「お菓子の交換って楽しそうよね！　渡すドキドキもあれば、どんなものがもらえるのかという、わくわくもあるわ！」

　タチアナが言うと、風子も笑顔で頷く。

「プレゼント交換とか憧れてたんだよね～。けど、どんなお菓子を用意すればいいんだろう？」

「そうね、ハロウィンらしいお菓子ってなにかしら？　交換するんだから、持ち運べるものがいいわよね……？」

　タチアナがロボットアームで腕組みをし、困った声をあげる。

　せっかくのハロウィンなのだ。ぴったりのお菓子を準備したい。

　タチアナが口にできるものはスティック状のものがメインだが、お菓子は見ているだけでも楽しい気持ちになるので、タチアナは大好きだった。

「持ち運びが楽なのも……。小さいもの、かなぁ」

　相談する風子とタチアナの話を聞いていたチカラが、あのう……と控えめに挙手をした。

「ハロウィンのお菓子って、交換するんでしたっけ？」

「え？」

タチアナと風子がきょとんとチカラを見つめる。

「なんだか、ノリがまるでバレンタインの友チョコ……うぐっ！」

突然、チカラの口が背後から伸びてきた大きな手に塞《ふさ》がれた。

「いいじゃねーか、菓子の交換！」

チカラをうしろから抱き締めるようにして言ったのはアンディだった。

疾風《はやて》のごとく、全速力で談話室に走り込んできたアンディに、風子がきょとんとする。

「アンディ、いきなりどうしたの？」

「差し入れ持ってきた。ビリーが作った菓子だ」

「ビリー様の！」

アンディが持ってきたバスケットを受けとったタチアナはさっそく中を確かめて、かわいらしい歓声をあげた。

「クッキー、フィナンシエ、マドレーヌ、カップケーキ、フロランタンまである！　すごい、これだけあれば、みんなに楽しんでもらえるわ！」

「こっちは、いま食えってさ」

バスケットとは別に持ってきた紙袋をアンディが突き出した。

「パンプキンパイだ。焼きたてだってよ。紙袋の脇に、タチアナ用のスティックパンプキンパイも入ってるってよ」

「どれもおいしそ〜！　ビリーさん、なんでも作れるんだね！」

風子も目を輝かせてお菓子を眺《なが》めていたが、ふいに「あれ？」とアンディに振り返った。

「でも、なんでアンディが持ってきたの？　ビリーさんは？」

風子のしごく当たり前な質問に、アンディは顔色を変えずに答える。

「あいつは忙しいんだとよ」

「ふーん……？」

パイを焼く時間があるのに忙しいとはいったいどんな忙しさなのか気になるところだ。

しかし。

「それより、ナイフと皿はどこだ？　せっかくだから、できたてを食べようぜ！」

「うん！」

アンディの一言で、疑問は霧散した風子であった。

談話室に向かったアンディからモニタールームにいるメンバーに連絡が入ったのは、しばらくたってからだった。

「タチアナのハロウィンについての知識だが、他のイベントも混じっている可能性がある」

「他のイベントだと？」

思わず通信機に聞き返したのはニコだ。

アンディはユニオンの証《エンブレム》の向こうで「そうだ」と答えた。

「おまえらも見てただろ？　パンプキンパイを食ったあと、俺たちがマフィンを作りだしたのを」

「うん。聞こえてたよ、アンディくん、お菓子も作れるなんて知らなかったよ」

ビリーが感心したように言う。

「前に少しやってたんだ」

「他にもどんなレパートリーがあるのか、ぜひ聞きたいなー」

興味津々《しんしん》に身を乗り出すビリーに、トップが「おい」とすかさず声をかけた。

ビリーは「うんうん、その質問は横に置いておくね」と、ジェスチャーで小さな箱を移動させる真似《まね》をし、アンディに先を促した。

「マフィンを作りながら、タチアナの奴《やつ》、『一個だけ、タバスコを入れましょ』って言いだしたんだ。さらには仕上げに葉っぱで巻きたいと言いだしてた。ありゃ、柏餅《かしわもち》をイメージしてるな」

「カシワモチ？　なんだそりゃ」

トップが首を傾げていると、ビリーが「あ！」と言い、ぽんと手のひらを打った。

「日本のシーズンイベントで食べるお菓子だね？」

「そうだ。他にも、『叩《たた》いたら紙吹雪《かみふぶき》が出るくす玉を用意しなきゃ』だとかな」

「それってピニャータのことか!?」

トップが目を丸くする。

ピニャータとは、メキシコでお祝いがあるときに使われるアイテムである。紙で作られたくす玉の中にキャンディなどを入れて天井から吊《つる》し、それを子どもたちが棒で叩いて割り、中のお菓子を分け合うのだ。

「なんでピニャータが出てくるんだ？」

「言っただろ、タチアナの中で他のイベントと全部混ざってるのさ。さっきのタバスコのやつは、ロシアンルーレットだ。これはシーズンイベントっていうよりパーティーイベントだけどよ」

黙って聞いていたニコが、合点《がてん》がいったというように軽く頷く。

「なるほどな。俺も妙だとは思ってたんだ。おまえらがパンプキンパイを食べてるとき、タチアナが中に宝物が入ってないか見てくれ、とか言ってただろ。ありゃ、ガレット・デ・ロワか」

「ガレット・デ・ロワって？」

「フランスで新年に食べる菓子だ。ケーキの中に小さな陶器の人形を一個だけ入れておいて、切り分けたケーキにそれが入っていたら、その人に幸運が訪れると言われている」

ニコの説明にトップは「へー」と感心すると、すぐに首を傾げた。

「でもよ、なんでイベントが混ざるんだ？」

「……たぶんだけど、いろんなイベントを楽しみたいって気持ちが高まりすぎてるんじゃないかな」

「は？　なんだそれ？」

ビリーの仮説に、意味がわからないというようにトップは眉《まゆ》を寄せる。

ビリーは困ったように、柔らかな笑《え》みを浮かべて言った。

「タチアナはシーズンイベントなんて、否定能力が発現してから一度もやってない。むしろ、そういう情報も耳に入らないようにしていたよ。知っちゃうと、羨《うらや》ましくなっちゃうってわかってたんだろうね。それでも、どこかしらから情報は入ってくるだろうに、一度もやりたいなんて言わなかった」

「どんなイベントも、ひとりじゃできないからな」

アンディがフッと通信機の向こうで笑う。トップは視線を落として口を尖《とが》らせた。

「……別に、遠慮しないで言やーよかったのに。てか、ビリーのおっさんになら、一緒にやろうって言えたんじゃねーの」

「ボクも誘ったりしたんだけど、遠慮されちゃってね。ボクは彼女の保護者にはなれても、友達とは少し違うみたいなんだ。……だから、ようやく友達と遊べることになってはしゃいでしまうのは、まぁ、大目に見てあげたいなってね☆」

てへ、と上唇《うわくちびる》の端に舌先をのせる仕草は、ビリーなりの茶目っけのつもりのようだったが、おじさんの茶目っけにときめくような者はこの場にはいなかった。

「親バカかよ」

「親バカだな」

「えー、そんな言い方なの？」

「親バカだろうとなんだろうと、ＵＴエリアによる圧死回避ができるなら、なんだっていい」

トップ、アンディの言葉にしょぼんとするビリーにニコが止《とど》めをさすと、「ともかく

だ」と三人の話題を方向修正した。

「緊張感を持ってあたるしかない。タチアナがやりたいことを全部ぶっ込んでくるっていうなら、こっちもそのつもりでいかないとな」

「つっても、次はどうすればいいんだ？　向こうがどういう状態かわかんねーし」

トップはなにも映っていないモニターを見た。

現在、談話室の様子をニコたちは見られていない。

なぜなら、タチアナと風子がハロウィン衣装に着替えているからだ。

アンディたちがお菓子作りに集中している間に、ムイと一心は恐るべきスピードで衣装を仕上げた。

そして、お菓子作りが終了すると同時に、ムイが衣装を持って談話室に登場した。

お菓子の完成に高揚していたタチアナをさらに喜ばせるという、ばっちりのタイミングであった。

衣装の完成に風子たちも喜び、さっそく着替えることになった。

当然のことながら、アンディとチカラは談話室から追い出され、談話室の監視もニコから、別室で作業をしていた、ニコの娘・ミコへと引き継がれていた。

「ミコからの連絡では、できあがった衣装に着替えて、いまはご満悦だそうだ」

「警報も鳴ってないしね。きっとすてきな衣装を作ってくれたんだろうね～」

　ビリーがうんうんと頷く。

「俺とチカラは談話室の近くの空き部屋で着替えた。つっても、着替えたのはチカラだけだけどな」

　そう言ったアンディの服装はすでに狼男《おおかみおとこ》のものに変わっている。

　アンディの洋服は、UMA《ユーマ》であるクローゼスが担当している。自由自在に一瞬で着替えられるので、今回は一心からもらったデザイン画をもとに構成・再現されている。

　一心のデザインポイントである、人間から狼男になったときにできたズボンの破れ加減も忠実に再現し、頭には狼耳のカチューシャまでつけているので、クローゼスのサービス精神とプロ根性はさすがのものである。

　そんな凝《こ》った服装でもわずか数秒で着替えられてしまうので、アンディは余った時間を使ってビリーたちに連絡をとっていた。

「ムイの奴、おまえらの分も用意したって言ってたぞ。そのうち、届くんじゃないか？」

「ああ、届いてる」

　ニコがちらりとテーブルの上に置かれた紙袋を見遣って答える。建物内に巡《めぐ》らされた搬送システムが、ムイの荷物をモニタールームまで届けてくれていたのだ。

「でも、俺たちまで仮装する必要あるか？」

「着とけ。これから何が起こるかわからねーぞ」

「いや、わかんねーなら、身軽に動けるようにしておいたほうが……」

と、トップが話していると、アンディの通信機の向こうでチカラの声が聞こえた。

「アンディさん、誰と話しているんですか？」

「うん？　他愛《たわい》もないことだ」

そう言うと、アンディはモニタールームとの通信を切った。

チカラには今回のことを伏せているためだろう。

「せっかくだ。ボクたちの衣装も見てみないかい？」

ビリーが言うので、トップがテーブルの上に置かれた紙袋の中身を確かめた。

袋の中には、個別の包みが入っており、それぞれに着るべき人物の名前も書いてある。

「俺のはこれか……。包帯がいっぱいついてるから、ミイラ男かな？　こっちのはビリーのおっさんのだ」

「どんな衣装なんだい？」

ビリーがわくわくと尋ねるので、トップはビリーの包みを開封した。黒いマントと付属パーツとして、尖った八重歯の付け歯が出てきた。

「なるほど、ドラキュラかー。いいね～」

　さっそくマントを身につけたビリーがニコッと笑う。朝日がのぼっていても、うっかり外を歩いてしまいそうなドラキュラの完成だ。

「短時間でよく用意できたな」

　頭にネジが突き刺さったように見えるカチューシャをつけ、フランケンシュタインの怪物の衣装をしたニコが、淡々と感心した。

「てか、ふたりともラクなのに、なんで俺だけ……？」

　トップが途方にくれたような声を出す。

　ミイラ男の服は、薄いインナーにぐるぐると包帯が縫い付けられているものなのだが、これがなかなかにやっかいだった。体に直接包帯を巻かずに着脱できるよう工夫がされていたが、このインナーがかなりのフィット感を追求していたため、着替えるのに苦労しているトップである。

　戻ってきた一心に手伝ってもらい、どうにか着替え、追加の包帯を巻いていたときだ。

「パピィ！　対象が動いたよー」

　ミコから通信が入り、モニターに映像が映し出された。

　画面の中で、仮装衣装に着替えたタチアナ、風子、チカラ、アンディが廊下を移動して

いた。

「状況を説明しろ」

「あいー。四人は無事に着替え終わって、これから菓子を配りに行くところだよー」

「菓子を配るって、普通のハロウィンと逆じゃん……」

トップが言うと、ミコが「そうなんだよー」と楽しげに答えた。

「ちなみに、いまはトップくんの部屋に向かってるみたい」

「へ？　俺？」

トップが思わず自分を指さし、ついでハッとした。

「って、俺ここにいるのにヤベーじゃん！」


トップの部屋を訪れた風子たちだったが、何度呼び鈴を鳴らしても中から返事はなかった。

「もう！　お菓子ができたてのうちに渡してあげようと思ったのに！」

タチアナがぷんぷんとした様子で、呼び鈴を押していたロボットアームを球に収納する。

「ここにいないとしたら、どこかな?」

風子がトップのいそうな場所を頭に思い浮かべていると。

プシュー……。

またも空気が抜けるような音がした。

「あれ?　また、この音……?」

いぶかしむ風子の隣で、アンディの眉間《みけん》に皺《しわ》が寄る。

「……風子、チカラ。念のため、俺のうしろにいろ」

「え?」

「な、なんですか急に……」

戸惑うふたりに答えず、アンディはタチアナと風子の間に体を滑り込ませた。

「なに?　ゾンビ、近いわよ」

「たまには仲を深めようぜ」

「あんたと仲を深めて、どうすんのよ!」

タチアナがプンプンとしながら言うと、珍しくアンディがうろたえた顔をした。

「悪かった」

「えっ!?」

今度はタチアナがうろたえた。いつもの軽口のつもりだったのに、アンディがやけにしおらしい反応を見せたので、言いすぎただろうかと不安になってしまったのだ。

おかげでまたもや、プシューと空気の抜ける音がした。

この音が、拘束具が無効化され、ＵＴエリアが解放される前兆だと知っているアンディは、ムゥとまた眉間に皺を寄せる。

タチアナの気分を害さないために謝ったのに、それがかえってタチアナを落ち込ませてしまうとは、計算外だ。

「タチアナ、落ち込むな！」

「なんで私が落ち込むのよ！」

率直《そっちょく》すぎる慰《なぐさ》めに、タチアナが元気よく反論する。

落ち込みは回避できたようだが、小さくなったとはいえ、空気の抜ける音が聞こえていることには変わりない。

死に覚えをしてどうにかなる相手でもなく、アンディの眉間の皺が深くなる。

「お、おお？　なんだ、みんなしてっ」

廊下にひどく棒読みの声と、床を踏み続ける足音が響いた。

モニタールームから走ってきたトップである。

「なんか、俺に用かよ？」

本人は自然に振る舞おうとしているつもりなのだが、慣れない演技のためにぎこちなさが目立ち、モニタールームで嘆《なげ》く大人たちの姿がアンディにも見えるようだった。

さらに不自然なことがあった。

「トップくん！　ミイラ男……だよね？」

風子が尋ねるのも無理はなかった。

廊下で円を描くように走り続けるトップのスピードが速すぎて、姿がもはや残像でしか見えないのだ。

「あー、ちょっと待て。いま、止まる」

「えっ!?　ダメだよ！　どこかに行く途中なんでしょ？」

風子は慌てておしとどめた。トップの否定能力は、一度走りだしたら体の一部が壊れるまで止まらない、【UNSTOPPABLE】。それを使ってまで、まさかハロウィンのお菓子をもらいに来たとは思わない風子である。

「ムイったら、あの短時間でトップにも衣装を用意してたのね」

さすがだわ、とタチアナが感心する。

おかげで空気の漏れる音も収まり、アンディは人知れず息をついた。

「ミイラ男ですか？　ボクには一反木綿《いったんもめん》のように見えますけど……？」

と、チカラが目をこらしたときだ。

ぴたり、とトップの動きが止まった。

「あ、す、すみませんっ！　よく見ようとしてつい……！」

チカラが慌てて前髪をおさえて、目を隠す。

目をこらそうとうっかり両目で対象を捉《とら》えてしまい、【UNMOVE】を発動させてしまったのだ。

だが、トップは目を丸くして自分の足に触れた。

「止まってる……。ははっ、すげー！【UNMOVE】は【UNSTOPPABLE】も止められるんか!?」

「ぐ、偶然ですかね……？」

チカラが自信なさげに答える。

しかし、アンディは口角をあげてニッと笑うと、通信機に小声で話しかけた。

「ニコ。いまの映像、録画できてるか？」

「ああ。自室のモニターから、ばっちりだ」

通信機の向こうから聞こえるニコの声も、少なからずの興奮を含んでいた。

チカラは気づいていないようだが、否定能力の否定はサンプルが少ない。いままでにない現象は、新たな可能性を生む第一歩だ。

「やっかいなトラブルだと思ったが、この発見は悪くない。ああ、そうだ。トップ同様、俺もビリーもすでに自室に移動した。いつタチアナが来てもいい状態だ」

「わかった」

アンディが通信を切り風子たちに視線を向けると、トップが怪我《けが》せずに停止できたのを喜んでいた風子が、おやと首を傾げていた。

「でも、どこかに行く予定だったんだよね？　急がなくていいの？」

「え？　ああ、まぁ……ちょうど部屋に戻るところだったから、別に平気だ」

「部屋に戻るためだけに、わざわざ走ったの……？　体を壊すことになるのに？」

「もっと体を大事にしなさいよ」

タチアナに言われて、トップは複雑な顔をする。

おまえのためだろ、とトップの顔には書かれていたが、それを読み取れるのはアンディしかいない。

「部屋に戻ってきたなら、ちょうどよかったじゃねぇか。タチアナ、トップにお菓子を渡すんだろ？」

　アンディに言われて当初の目的を思い出したタチアナが、お菓子の入った籠《かご》をトップに差し出した。

「そうだったわね！　トップ、『トリック・オア・トリート』！」

「……え？」

　トップは困惑して、お菓子の籠を見つめた。

　本来のハロウィンでは、「トリック・オア・トリート」と言われた側が、「トリート」と言ってお菓子を差し出すのだ。

　しかし、いまは言った側がお菓子を差し出している。あべこべである。

　混乱する中、タチアナが「ハロウィンとはお菓子を交換することだ」と言っていたことを思い出すが、あいにくお菓子を持ってきていなかった。

「えっと……あー……」

　トップが返事に困っていると、タチアナが呆れた声で言った。

「もしかして、ハロウィンを知らないの？」

「！　いや、そんなことはねぇって！」

　知らないとなれば、タチアナの盛り上がっていた気分に水をさすかもしれない。トップは慌てて弁解しようとしたが、それをタチアナはロボットアームの手を立てて制した。

「仕方ないわね、私が教えてあげる！」

言葉の内容のわりに嬉しそうなタチアナの声に、トップは思わず「へ？」と気の抜けた声を出す。

そんなトップの様子に気づくこともなく、タチアナは「ハロウィンというのはね」と楽しげに話しだした。

戸惑うトップがアンディに視線で「どういうことだ」と尋ねてくる。

しかし、意図せずに答えてくれたのは風子とチカラだった。

「タチアナちゃん、嬉しそう」

「きっとハロウィンのことを、誰かに教えたかったんですね」

「……ああ、そういうことか」

アンディは頷き、「大丈夫だ。問題ない」とトップに目配せする。詳しいことは知らされないトップだが、ひとまずこっそり胸を撫で下ろした。

タチアナのハロウィン講義が終わるのを待ち、トップも引き込んだ一行はさっそくお菓子を配りにくりだした。

誰もが忙しい中、笑顔でお菓子を受け取ってくれた。

シェンとムイが本格的なキョンシーの仮装で迎えてくれたこともタチアナを喜ばせたが、

ニコが仮装用のカチューシャをしていることは意外だったのか、とても喜んでいた。

一通りお菓子を配り、最後に向かったのはビリーの私室だ。

「『トリック・オア・トリート』!」

元気な声で訪れたタチアナを、ビリーは溢れんばかりの笑顔で迎えた。

「ようこそ〜〜! さぁさぁ、お菓子を交換しよう!」

訪れたビリーの部屋には、お客様を迎えるためのティーセットとお菓子が万全の状態で用意されていた。

テーブルを囲むように座り、ビリーはタチアナから受け取ったお菓子を嬉しそうに食べ、タチアナもビリーのお手製である特製スティックバーを大事そうにお菓子の籠にしまった。

ちなみに今回のスティックバーは、ビリーいわく「新作だよ」とのことだった。

「ビリーさんは、タチアナちゃんのことを本当に大切に想《おも》ってるんだねー」

「そうですね」

風子とチカラは素直な感想を言う。

「あれを見て、そういうふうに思えるのはある種の才能だな」

「親バカにしか見えねーよな」

タチアナには聞こえないように配慮したアンディのひそひそ声に、トップがうんうんと同意する。

「菓子も配ったし、次はどうする？　何かやりたいことはないのか？」

アンディがちらりと腕時計を見ながら、タチアナに尋ねた。

時刻は十五時四十分を過ぎたところだ。新しい拘束具ができるまでのあと二十分、できれば何かしらでタチアナの意識を引きつけておきたい。

「やりたいこと？　ハロウィンって、あとは何をするんだっけ……？」

タチアナが思案するように球を傾けた。

なかなか出てこない要望に、『ハロウィンを全力で楽しもう作戦』の立案者とその仲間たちが内心ハラハラしていると、風子が思い出したようにマフィンを取り出して、アンディに差し出した。

「アンディ。あの……『トリック・オア・トリート』！」

「お？　ああ、ありがとな。わりぃな、いま菓子を持ってなくて交換できねぇ」

マフィンを受けったアンディが謝ると、風子は笑って首を振った。

「いいよ、いいよ！　課題《クエスト》先で、いつも御馳走《ごちそう》になってるし。コレは……その、お礼もこめて！」

「そうか……。ありがたくいただくぜ」

「えへへ。とは言っても、それ、さっき一緒に作ったものだから、それを渡すのもちょっと変かな」

「そんなことねぇよ」

照れる風子に笑みを返すアンディを見たトップはため息をついた。

「こっちはバカップルかよ」

「初々しいね～」

と今度はビリーが同意する。

ふたりはアンディに向かって「作戦中だぞ」と生あたたかい視線を送る。

視線に気づいたアンディは、ラッピングをはがしたマフィンを口に放り込むとタチアナに向き直った。

「タチアナ、やりたいことは……ん!?」

「どうしたの、アンディ?」

話している途中で急に顔をしかめたアンディに、風子が慌てて声をかける。

「このマフィン……辛《から》い」

「ええっ!?　なんで!?　……あっ!」

風子がハッとしてタチアナと顔を見合わせた。

「タバスコ！」

ふたりの声がそろう。

お菓子を作っているときに、ひとつだけタバスコを入れたことを思い出したのだ。

「えーっ!?　本当にタバスコ入れてたんですか!?」

チカラが心底驚いた顔で言う。ふたりがこそこそ話し合っているのには気づいていたが、まさか実行に移すとは思ってもいなかったからだ。どうやら風子とタチアナだけの秘密だったらしい。

テーブルに置かれていたお茶を一気に飲《の》み干《ほ》し、アンディがふぅと息をつく。

「まぁ、悪くない味だ」

「本当ですか!?　無理してません!?」

「いままで食べたことのない味に出会えるのは、悪くないだろ。こういう味もありだな」

「アンディさん、漢《おとこ》ですね……！」

チカラは感心と驚きの入《い》り交《ま》じった顔でアンディを見つめた。

「アンディ、驚かせてごめんね！　でも、ハロウィンって人をこっそり驚かせるものだって、タチアナちゃんに教えてもらったから」

「ああ。ばっちり驚いたぜ。しかも驚きついでに未体験の味とくれば、最高のプレゼントだ」

　ニッと笑うアンディに、申し訳なさそうだった風子がようやくほっとした笑みを浮かべる。

「アンディさんの漢気《おとこぎ》が目にしみる……」

　チカラが思わず目頭《めがしら》をおさえたとき、

「でも、ちょうどよかった」

　と言ったのは、タチアナだった。

「タバスコを引いた、ということは、あんたが鬼をやってよ！」

「鬼？」

「さぁ、外に出なさい！　鬼は外よ！」

　言うやいなや、球から複数のロボットアームが飛び出し、お菓子の入っている籠の中から、豆の入った升《ます》を五つ取り出すと、アンディ以外の全員に配る。

「タチアナちゃん、これって……？」

「ビリー様に教えてもらったの！　風子の国では、鬼退治をするのに、豆を投げるんでしょ！　さぁ、鬼退治よ！」

「ええっ!?　それって節分!?　ここで!?　いま!?」

さすがの風子も、発想の飛躍に戸惑うが、先に動いたのはアンディだった。

「いいね、最高だ！　なんでもありなほうが、イベントとしちゃおもしろい！　俺も、自分から仕掛けるほうが性《しょう》に合ってる！」

ニヤリと笑って立ち上がったアンディの服装が、ザワザワと変わりはじめる。

カチューシャの狼耳だけだったのが、顔全体を覆《おお》い尽《つ》くす狼のマスクになったのだ。

「鬼じゃねぇ、恐ろしい人狼《じんろう》のおでましだ！　逃げねぇと食っちまうぞ！」

「ええっ!?　アンディ!?」

「さぁ、風子！　豆まきで鬼退治よ！」

「タチアナさん、いま人狼だって設定変更が……」

「チカラ！　小さいことは気にすんな！　てか、おまえも俺につけ！　二対一じゃ分《ぶ》が悪い！」

「ええーっ、そうなっちゃうんですかー!?」

「鬼はー外ーっ！」

風子とタチアナは豆をまきながら、部屋の外へ飛び出し、それをアンディとチカラが追っていく。

四人が出て行ったあとは、豆が散乱してなかなかの惨事だ。しかし見えていないビリーにとっては、気になることではなかったようだ。

「これで最後まで時間が稼げそうだね」

ビリーがニコニコと言うので、トップはどっと疲れたように椅子《いす》の背もたれによりかかった。

「つーかさ、ずっと気になってたんだけど」

「ん、なんだい？」

「別にわざわざこんな計画をしなくても、タチアナに事情を説明して、今日一日ストレスをためないでいるように頼んだほうがよかったんじゃねーの？」

それはこの計画に関わっているうちに、何度も思った疑問だった。

こんなまわりくどい方法をとるよりも、タチアナ自身に協力してもらうほうが、ずっと手っ取り早く問題を解決できるのではないか、と。

「……たしかに、その方法も考えたよ」

「だったら！」

「その方法は選びたくなかったんだ」

「はぁ？」

思わず身を乗り出したトップに、ビリーは微笑《ほほえ》んだ。

「タチアナはいま、変わりつつある。ようやく周囲の人間に心を開いて、交流しようと前を向いている。そんなときに、自分のせいで周囲に危険が及ぶかもしれないと知ったら、またうしろ向きになってしまうかもしれないだろう？」

「…………そんなに弱くないだろ、あいつは」

「そうだね。そうかもしれない」

ビリーはフフッと笑った。

トップのタチアナへの信頼を知ったせいか、それともビリー自身もそう感じていたせいか、それはわからない。

「たとえうしろ向きにならないとしても、せっかくできたお友達と充実した時間を過ごす日があってもいい、と思ったんだよ。だって否定者にだって、ハロウィンを楽しむ権利ぐらいはある。そうじゃなきゃ——不公平だ」

ビリーはそっと目元に手をやった。サングラスの奥の瞳を隠すように。

いつになく真面目《まじめ》なビリーの声に、トップは小さく息をはいた。

「親バカ」

「だから、親バカじゃないって〜！」

「へーへー」

　トップは軽く受け流したが、口を尖らせるビリーの代わりに、散らばった豆を片付けてやろうというぐらいには、気分はよかった。

　トップの耳に、廊下ではしゃぐタチアナたちの声が聞こえた。

　ありふれた普通の声を心地よく感じながら、トップは立ち上がる。


　この日常を否定し、一変させるまで残りわずかな日のことであった。

Ep.《エピソード》004 いつも全《ぜん》力《りょく》だ

対未確認現象統制組織〝ユニオン〟。

ここには、組織の創設者にして第一席であるジュイスが、「最高のメンバー」と誇る十一人の否定者たちが所属している。

そんな「最高」な彼らをおおいに困らせる、小さな事件が起きたのは秋もなかばのことだった。


その日、施設の廊下をキョロキョロしながら歩く不死【UNDEAD】に、不真実【UNTRUTH】のシェンは思わず声をかけた。

「……アンディさん、どうしたんですか……？」

「あ？　シェンか」

振り向いたアンディの姿を真正面から見たシェンは、真面目《まじめ》な顔を取《と》り繕《つくろ》おうと必死に努力した。

だが、アンディが頭の上の〝耳〟をかりかりとかくのを見て、その努力はあっけなく霧散する。

「あははは！　す、すみませっ、くくっ、人の趣味に、口出しするの、よくないってムイちゃんに言われて……で、でも、それ！　あはははっ！」

　それ、とシェンが指さしたのは、アンディの服だった。アンディはいつものスーツではなく、ふわふわとした毛で覆《おお》われた猫の着ぐるみを身にまとっている。ご丁寧にも、首に鈴までつけている、おまけつきだ。

　腹を抱《かか》えて笑うシェンに、アンディは気を悪くしたふうでもなく淡々と答えた。

「趣味じゃねぇ」

「えぇ!?　じゃ、じゃあ……くふっ、ぶっ！　な、なんで猫のかっこうしてるんです!?」

「クローゼスの提案だ。いつものかっこうじゃ、猫に怖がられるだろうからって」

「……え？　猫に怖がられる？」

　笑いの合間をぬって、シェンが聞き返した。

「ラボで保護していた猫が逃げたんだってさ。そいつを探してるんだ」

「アンディさんが？　わざわざ猫のかっこうをしてまで？」

「でかい男が追いかけてきたら怖いだろ」

　でかい猫のかっこうの男が追いかけてきたほうが、怖いんじゃないかな。

思わず口から出そうになった言葉を、シェンは唇《くちびる》をぐっと嚙《か》みしめて堪《こら》えた。

ツッコミたいのはやまやまだが、黙っていたほうがおもしろそうだと思ったからだ。

「しかし、迷子の猫を見つけるのは大変そうですね。組織施設《こ　こ》って広いですし」

「大丈夫だ。とりあえず、他の階層やエリアにつながる扉を自動では開かないようにしてもらった。あとは見つけしだい、つかま……!!」

アンディの言葉がふいに途切れた。次いで、その表情が一変する。

シェンは「おや?」と、アンディが見つめる先を目で追った。

案《あん》の定《じょう》、壁際《かべぎわ》でキジトラの猫が一匹、こちらを見て動きを止めていた。

時間が止まったかのように猫は体を硬直させ、こちらを凝視している。

警戒する相手を凝視するのは猫の特徴ではあるが、二メートル近い大男の猫姿を目撃した猫のショックを想像し、シェンはまたも笑いを堪えるのに苦労した。

が、次の瞬間、シェンの努力はまたも霧散する。

「にゃおーん。にゃおーん!　猫ちゃ～ん」

裏声を駆使し、猫に近づこうとするアンディにシェンは膝《ひざ》から崩れ落ちた。

「あーははははっっ!」

「シェン!　でかい声出すな!　猫が逃げる!」

　アンディが怒鳴《どな》るより早く、猫は弾《はじ》けるように跳《と》び上《あ》がり、廊下の向こうへと走り去ってしまった。

「おまえなあ！　せっかく見つけたんだぞ！」

　アンディがキッと睨《にら》むが、床《ゆか》に四《よ》つん這《ば》いになって笑い続けるシェンには意味をなさない。

「だ、だって無理ですよ！　う、裏声って、最強すぎる……!!」

「猫は高い声のほうを好むっていうからな」

「だからって……！　いろいろがんばりすぎ……！」

「俺はやるって決めたら、いつも全力だ」

「確かに……そうですね。はぁ、笑いすぎるのって、意外と腹筋使いますね」

　ようやく笑いがおさまったシェンが体を起こし、「ああ、そうだ」とアンディに笑いかけた。

「猫をつかまえるの、ボクも手伝いますよ。そのほうがいっぱい笑えて、腹筋も鍛えられそうだし」

「笑って腹筋を鍛えるつもりか？」

「いいアイデアだと思いませんか？」

アンディはシェンの顔をまじまじと見つめた。

両手をうしろに回して組み、にこやかに微笑《ほほえ》むシェンの顔からは、やはり腹の底が読めない。

「……まぁ、笑って腹筋鍛えようなんて思いつくあたり、ただの筋トレバカってだけか」

「あれ？　ボク、いますごくけなされてます？」

シェンが心外だな、と言わんばかりに口を尖《とが》らせた。

「じゃあ、もしもアンディさんよりも先に猫をつかまえられたら、ボクと手合わせしてくれます？　これなら信用にあたいするんじゃないですか？」

「好きにしろ。とりあえず、つかまえるのに協力してくれるなら助かる」

「知道了《了解しました》。まぁ、猫をつかまえるぐらい、どうってことないですよ」

シェンは不敵に笑う。

アンディは首元をトントンと叩《たた》くと、ユニオンの証《エンブレム》を出現させて、それに向けて話しかけた。

「ミコ。こいつにも捕獲用のネットを出してくれ」

エンブレムの向こうから「あいあ～い」と楽しそうな声が聞こえ、しばらくすると壁の一部がスライドしてロボットアームが大きな虫取り網《あみ》を持って現れる。

「はいどうぞ〜。あと、猫ちんはこの先の第八エリアに向かって走ってったよ〜。助っ人も要請中だから。がんばってね〜」

ミコからの通信が切れ、ロボットアームもシェンに虫取り網を渡すと、静かに壁の中に姿を消した。

「第八エリアなら、隠れる場所は少なそうですね」

「相手は猫だ。力を出しすぎて傷つけるなよ」

「ああ……それは気をつけないといけませんね」

ふたりは連れだって第八エリアへと向かった。

不停止【UNSTOPPABLE】ことトップは、眼前の光景に目を丸くした。
なにしろ倉庫の中で、毛むくじゃらな服を着た大男（おそらくサイズからしてアンディだろうと推測できた）が積まれていたコンテナに上半身をのめり込ませ、別の場所ではシェンが壁に突っ込んだ足を必死に引き抜こうとしていたのだ。
無論それだけでなく、いつもは整然と積まれているコンテナが、怪物が暴れ回ったあとのようにぐちゃぐちゃに倒されて散乱している。

トップは瞬時に「見なかったことにしよう」と心に決めた。

いつもは使われていない倉庫の扉が珍しく開いていたので、気になってのぞいてしまったのだが、こんな意味不明な状態なら関わらないほうがいいに決まっている。

それに自分には、いまはなによりも優先すべきことがある。

しかし、回れ右をしようとした矢先、シェンと目が合ってしまった。

「やぁ、トップ」

シェンが足を引っこ抜きながら、にこやかに挨拶《あいさつ》をしてくる。

「…………。なにやってんの……？」

トップは不本意ながら、この場にもっともふさわしい質問をした。

「実は足が抜けなくなっちゃって」

「それは見たらわかるよ。なんでシェン兄《にい》が足を壁に突っ込んで、おっさんがコンテナに体を突っ込んでるんだよ」

「話すと長くなるんだけど……」

「猫をつかまえようとしたんだ」

もったいぶって切り出したシェンをさえぎって、コンテナから体を引き抜いたアンディが説明する。

「めちゃくちゃ短いじゃねーか！」

トップが思わず突っ込む。そんな彼の目の前で、衝撃《しょうげき》でビリビリになっていたアンディの毛むくじゃらの着ぐるみが一瞬にして消え、いつものスーツに戻っていく。途中、アンディの大事な部分も露出した気がしたが、見なかったことにしてあげたのは、トップなりの気遣《きづか》いだ。

「保護してた猫がラボから逃げ出したんで、それをつかまえようとしたら……まぁ、こうなった」

アンディがくいっと親指で倉庫内をさした。

「猫をつかまえるだけで、こうなるもの？」

「相手が猫だから、力の加減が難しいんだ」

呆《あき》れ顔《がお》で問うトップに、アンディが真面目な顔で答える。シェンも「そうそう」と大きく頷《うなず》いた。

「力任せにつかまえられたら楽なんだけど、そうもいかないでしょ。でも、手加減するとあの柔らかい体でするっと逃げていくんだよね」

「だからスピードを上げて追いかけてたら……こうなった」

と、アンディは再び親指で倉庫内を指さした。

「へぇ……」

トップは呆れ顔で言うと、やれやれと踵《きびす》を返す。

「じゃあ、ふたりともがんばって」

「え!?」

驚きの声を漏《も》らしたのは、シェンだ。

案外大きな声だったせいで、トップも足を止めて振り向いた。

「どうしたの、シェン兄?」

「だって……。いつもの君なら『俺も手伝う』って言いそうなのに」

トップが仲間想《おも》いで面倒見がいいことは、組織《ユニオン》の一員ならば誰もが知っていることだ。

臆病《おくびょう》すぎて周囲とコミュニケーションがとれないでいた不壊【UNBREAKABLE】こと一心《いっしん》の心を、最初に開いたのもトップである。

組織《ユニオン》の一般職員にも気さくに声をかけ、実の母が勤めている組織《ユニオン》が運営する孤児院にもたびたび姿を見せては、子どもたちの遊び相手になっている。

そんな彼が、仲間の小さなピンチにさらりと背中を向けたのは、意外なことだった。

「そもそも、ミコが寄越《よこ》した助っ人って、トップじゃないのか?」

アンディが尋ねると、トップはきょとんと首を傾《かし》げた。

「ミコに？　いや、なんも言われてねぇよ。……って、こんなことしてる場合じゃねぇ！」

トップはくるりと踵を返すと、

「もうすぐ一週間ぶりに最新版が配信されんだよ！　初めからリアルタイムで見たいから、急いで部屋に戻らねーと！」

焦《あせ》ったような口調とは裏腹に、ゆっくりとした歩調で室外へと向かう。

「配信って、なにか重要な報告？」

シェンがトップの背中に尋ねる。

「いいや、戦隊もの」

「センタイモノ？」

「特撮ヒーローもののひとつだ。日本の子どもに人気がある」

意味を摑《つか》みかねているシェンにアンディが教えると、トップがぷうと頰を膨《ふく》らませて、睨んだ。

「それ、偏見だかんな！　子どもだけじゃなくて、全世代に人気があるっての！」

アンディに反論しつつも、トップは足を止めない。本心としては走って行きたいところだが、一定以上のスピードで走りだすと否定能力が発動してしまうので、はやる気持ちをおさえて、てくてくと歩いて行く他ないのだ。

しかしアンディへの反論もおろそかにしたくないトップは苦肉の策として、

「ちなみに今期の戦隊は、これまでの作品と全然違ってキャラクターがはちゃめちゃで……」

たびたびうしろを振り向きつつ、歩きながらも持論を展開し続けて、結局は反論半《なか》ばにして声の届かない廊下の向こうに行ってしまった。

「大変だな、トップも」

アンディがそう言うと、「そうですね」とシェンも苦笑しつつ頷く。

「でも実際のところ、手伝ってもらわなくて良かったです。もし、猫をつかまえるためにトップがうっかり走ったりしたら、成果と代償が釣り合わなさすぎます」

「そうだな。たしかにな」

シェンの意見にアンディも強く同意する。猫をつかまえるために、結果としてトップが骨折をしたとなれば、能力の無駄遣いと言えるだろう。

「そもそもボクが猫をつかまえる予定ですから、手伝ってもらったら手合わせの約束を反故《ほご》にされちゃうかもしれませんものねっ」

シェンがふんと鼻息荒く言うので、「まだ言ってるのか」とアンディは呆れたように片《かた》眉《まゆ》をあげた。

「本気だったんだな、それ」

「もちろんですよ。アンディさんにはたくさん笑わせてもらって、最後にボクが猫をつかまえるという完璧《かんぺき》な計画ですよ」

「完璧ねぇ。だったら、おまえの否定能力だって猫をつかまえるのに適しているはずだろ？　なんで使わないんだ」

　アンディが尋ねると、シェンが「う……」と言葉を詰まらせた。

　そのまま言いにくそうに視線を泳がせたとき。

「おーい、猫ちゃんは多目的ルームＡ８２９で寛《くつろ》いでるけど、いいの〜？」

　ミコからユニオンのエンブレムを通して通信が入った。

「多目的ルームＡ８２９だな。わかった。いまから向かう」

　アンディが応《こた》えると、ミコは「あいあ〜い」とやはり軽《かろ》やかな返事を返してくる。

「ちなみに助っ人はもう多目的エリアに向かったから。先につかまえちゃうかもよー」

「それを先に言ってくださいよ！」

　シェンは抗議するように言い、一目散に多目的ルームへと駆けだした。

多目的ルームとは、その名が示す通り、どんな目的にでも使用できるように広いスペースが確保された部屋である。組織《ユニオン》の建物にはこのような多目的ルームがいくつも用意されている。シェンたちが向かったA829もそのひとつであり、既《すで》に先客の姿があった。

「あら、来たのね」

不可触【UNTOUCHABLE】ことタチアナは、部屋に走ってきたシェンとアンディに気づくと、どこか勝ち誇ったように言った。「もう出番はないと思うわよ」

「タチアナ、もうつかまえたのか？」

尋ねるアンディに、「まだだよ」と答えたのは、タチアナのそばにいるビリーだ。

「猫くんは、どうやら棚の上にのぼってしまったようなんだ」

「ビリー様！　教えちゃだめですってば！　私が猫ちゃんを一番につかまえるんだから！」

タチアナがぷんすか小声で怒ると、ビリーは笑って「ごめんごめん」と頭をかく。

アンディとシェンは、ビリーとタチアナが向き合っていたらしき場所に視線を移す。

そこには壁にそって置かれた収納棚があった。高さは天井よりも少し低い程度。天井と棚の隙間《すきま》の空間に、猫の気配がする。

「ジャンプすれば手が届きそうですね」

棚を見あげたシェンが、軽く膝を曲げて跳躍《ちょうやく》体勢に入ると、タチアナがすばやく制止した。

「いままでそうやって無理矢理つかまえようとして失敗してきたんでしょ？　力任せはだめよ」

「じゃあ、どうするんだ？」

アンディが尋ねると、タチアナが「フフン」と笑った。

「ここは私に任せなさい。猫はボールを好むものよ！」

そう言うと、タチアナはロボットアームを球の中に収納し、静かに地面に着地した。

「ほらほら猫ちゃん、私と遊びましょ！」

タチアナはころんと転がって棚の前に進むと、くるくるくる、くるくるくる、と、ゆっくりと左右に転がりはじめた。

「なるほどな。猫の習性を利用しておびき出す作戦か」

アンディが感心したように言うと、ビリーが誇らしげにうんうんと頷く。

「タチアナが自分で考えたんだよ～。これぞタチアナにしかできない作戦だよねぇ～。ミコから依頼があったあと、ぜったい自分の手で猫くんをつかまえるんだってはりきってね。……ただ、問題もあるんだよね」

「問題？」

アンディが聞き返すと、ビリーは「実はね……」と小さく声をひそめて語った。

当初、タチアナは球の外装だけを回転させることを思いついていた。

しかし、いろいろ試してみたところ、球の維持は、球内のタチアナの姿勢と連動しているらしく、外装だけを回転させるとなると、高度なコントロールが必要となり、それを習得するには一日以上はかかりそうなことがわかった。

そこでタチアナは、球全体を回転させることにしたという。

「……つまり、タチアナも球の中でひたすら回転しているのか？」

「そう。前とうしろにでんぐり返しをし続けているんだ……！　健気《けなげ》でかわいいよねっ!?」

熱っぽく語るビリーには見えなかったが、シェンは笑いを堪えるのに必死になっていた。

おかげで話を進めるのはアンディの役目だ。

「じゃあ問題ってのは？」

「あんまりやると、気持ち悪くなってきて、目が回る」

ビリーが解説を終えたタイミングだった。

「も、もうだめ……」

目を回してフラフラになったタチアナが、ゴインッと棚にぶつかった。

衝突《しょうとつ》のショックで棚がぐしゃりと歪《ゆが》む。

「にゃっ！」

傾いた棚の上から驚いた猫がパッと飛び出してきた。

瞬時にアンディとシェンが捕獲用の網を構える。

「シェン、能力は⁉」

「あ、それなんですけど……」

歯切れの悪い答え方をするシェンの眼前を、猫が風のように横切った。

シェンは目を開けているが、猫の動きに変化はない。【ＵＮＴＲＵＴＨ】は発動していないようだ。

「おいっ！」

アンディの声に、シェンが慌《あわ》てて弁明した。

「いえ、サボるつもりはないんですけどっ、なんか、あのやりたい放題を見てると……条

件を満たしてくれなくて」

つまり、猫のことを好きになれないらしい。

「でも、能力がなくたって捕まえるぐらい……！」

シェンは手首を支点に捕獲網をくるりと回して摑み直すと、走る猫めがけて勢いよく振った。

しかし、それより一瞬早く、猫は方向転換をして網を逃れる。

盛大に空《から》ぶったシェンを、アンティが呆れた顔で一瞥《いちべつ》した。

「だから、そのやり方はさっきの倉庫で散々やっただろう。使えねーな」

「成果を出してないアンディさんに言われたくないです！」

「こっから本気出すのさ！」

アンディはニヤリと笑うと、猫が逃げる進行方向に向けて人差し指を突き出した。

「ちょ、アンディさん！　猫相手に本気出しすぎですよ!?」

シェンの制止より先に、アンディの人差し指の第一関節から先が血飛沫《ちしぶき》をまき散らしながら勢いよく飛び出した。

部位弾《パーツバレット》が猫の鼻先をかすめる。

「にゃーっ！」

猫は聞いたことのないような悲鳴をあげ、すぐさま方向転換し、また走りだす。

「逃がさねぇぜ」

アンディは次々と部位弾《パーツバレット》を放ち、猫の行く手を塞《ふさ》いでいく。

「ちょ、アンディさん！　いくら捕まえられないからって、八つ当たりは気の毒ですよ！　あと、血飛沫で部屋がびしょびしょなんですけど！」

シェンが顔をしかめて言うと、ビリーが「なるほどな～」と頷いた。

「わざと床を血で染めて、猫の逃げ道を減らしているんだね」

「へ？」

ビリーの指摘に驚いたシェンが目と口を大きく開けた。

すると、アンディはニヤリと口の端をあげる。

「ああ。猫は水が嫌いだからな。広いところにいるから逃げられるなら、狭いところに追い込めばいいのさ」

アンディの言う通り、いまや多目的ルームはアンディの部位弾《パーツバレット》の副産物のおかげで血の海だ。シェンもタチアナも一応見慣れているとはいえ、なかなかの絵面《えづら》である。ついでに言えば、鉄臭い。

猫は逃げ場所を限定され、最初にいた棚の近くに追い詰められていた。もう一度棚の上

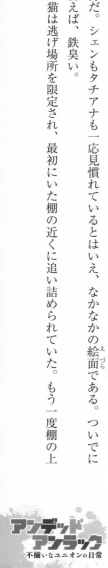

に逃げたくても、すでに棚の壁面にも血飛沫がついているので上《のぼ》れないようだ。

人間を警戒し、逃走中もピンと立っていた耳とシッポが、怯《おび》えたせいですっかり項垂《うなだ》れている。

それでもアンディが近づくと、濡《ぬ》れていない場所を求めて後ずさりしていた。

全身で恐怖しているのが見て取れた。

「本気を出したせいで、かえって逆効果だったんじゃないですか……？」

シェンのツッコミを聞き流し、アンディはそろそろと猫に近づく。

「手、出すなよ？」

「出しませんよ。あーあ、ボクの負けですね」

シェンは「まいりました」というように、両手をあげる。

アンディはフッと笑うと、「手合わせぐらいなら、付き合ってやるから」と言って、耳を伏せながらも毛を逆立てている猫に向かって大きな手を伸ばした。

「ふにゃーっ!!」

それは、猫の最後のあがきだったのだろう。

アンディが猫を掴もうとした直前、猫は最後の力をふりしぼって大きくジャンプし、タチアナを介抱《かいほう》していたビリーの腕の中に飛び込んだ。

「え？　お？　あれれ？」

「ええ!?　すごい、さすがビリー様！」

　ビリーが突然の重みに慌てつつも、手の感触だけで猫を抱き留《だと》める。その様子に、ちょうど回復したタチアナが歓声をあげた。

「くっくく……！　同じつかまるにも、ぜったいアンディさんだけは嫌だってことですね！　あははははっ！」

　シェンが腹を抱えて笑うのを見ながら、アンディは猫に伸ばしていた手を引っ込める。

「……別に、誰がつかまえても構わねーよ。ビリー、猫を逃がすなよ」

「うん、もちろんさ。それにしても、猫を抱っこするなんて久しぶりだなー」

と言って、ビリーは抱き締めた猫の頭を撫でようとした。

　しかし、久しぶりに扱った猫にビリーの勘も狂ったようだ。猫の頭を撫でるつもりで伸ばした手が、猫の鼻を直撃した。

　直後、怒った猫がビリーの手を噛んで逃げ出し、四人の否定者は再び追いかけるはめになるのだった。

その日の夜、不運【ＵＮＬＵＣＫ】こと出雲風子《いずもふうこ》は、約束通りに談話室へ向かった。

中に入るとすでにアンディが待っていた。彼の前のテーブルには、ペット用のケージが置かれている。

「アンディ、つかまえられたんだ!?」

「ああ。約束だからな」

風子は嬉《うれ》しそうに駆け寄り、ケージをのぞく。中では猫が体を丸くして寝ていた。

「かわいい〜！　ふわふわだ〜！」

猫を見つめて、風子がうっとりと表情を緩《ゆる》ませた。

「やっぱ触《さわ》らないのか？」

「うん。見られるだけでじゅうぶんだよ」

風子はにっこりと微笑んだ。風子の【ＵＮＬＵＣＫ】は直接触れた相手に不幸を招く。

しかも相手のことを好きであればあるほど、その不運は大きくなる。

だから、大好きな猫にもずっと触れていない。それこそもう何年も近寄ってすらいなかった。

そんな風子であったので、ラボから保護猫が逃げ出したというニュースを偶然耳にしたとき、思わず「猫ちゃん、見たいなぁ」とつぶやいていた。

そんな風子のつぶやきを、アンディは聞《き》き逃《のが》さなかった。

『じゃあ、俺がつかまえてきてやるよ。そしたら、ゆっくり見られんだろ』

そして、幾多《いくた》の困難を乗り越えて約束は果たされたわけである。

ケージの中の猫を見つめていた風子は、自分を見つめていたアンディに顔を向けた。

「猫ちゃん、つかまえるの大変だったんじゃない？」

「べつに。たいしたことねぇよ」

猫に引《ひ》っ掻《か》かれた傷もいつの間にか消えている不死の男は、不敵に口の端をあげた。

「おまえの笑顔を見るためなら、これぐらいどうってことねーさ」

……
あははは
好可愛《とってもかわいい》!!
あんなの笑うよ!!
ボク悪くないよね!?
シェン様が
悪いです
そんな!!
ボワッ

■初出
アンデッドアンラック　不揃いなユニオンの日常　書き下ろし

[アンデッドアンラック]　不揃いなユニオンの日常

2023年2月8日　第1刷発行
2023年10月7日　第2刷発行

著　者／戸塚慶文 ◉ 平林佐和子

装　丁／山本優貴〔Freiheit〕

編集協力／長澤國雄／佐藤裕介〔STICK-OUT〕

編集人／千葉佳余

発行者／瓶子吉久

発行所／株式会社　集英社

〒101-8050　東京都千代田区一ツ橋 2-5-10
TEL　03-3230-6297（編集部）03-3230-6080（読者係）
03-3230-6393（販売部・書店専用）

印刷所／TOPPAN株式会社

Printed in Japan　ISBN978-4-08-703528-5　C0293

検印廃止

週刊《しゅうかん》少年ジャンプで大人気連載中《だいにんきれんさいちゅう》!!
コミックス①～⑱巻《かん》(以下続刊《いかぞっかん》)、大好評発売中《だいこうひょうはつばいちゅう》!!!
アンデッドアンラック
戸《と》塚《づか》慶《よし》文《ふみ》
集《つど》え、
GOOD LUCK
悪辣《あくらつ》!暴虐《ぼうぎゃく》!不死身《ふじみ》の男《おとこ》!
バトルコミックス!!

これは運命《うんめい》に抗《あらが》い続《つづ》ける者《もの》たちの物語《ものがたり》——。
否《ひ》定《てい》者《しゃ》。
前《ぜん》代《だい》未《み》聞《もん》の"否《ひ》"王《おう》道《どう》

JUMP j BOOKS：http://j-books.shueisha.co.jp/

本書のご意見・ご感想はこちらまで！
http://j-books.shueisha.co.jp/enquete/